癌と生きる

抗癌剤付き普段の生き様

竹山元一

東京図書出版

「薬」と「楽」と

癌と向き合い、
倦《う》まず・弛《たゆ》まず・諦《あきら》めず、
生きてみた8年の軌跡

はじめに

老境にあって胃癌に罹った。〝なんで〟と考えてみた。現役時代の過度なストレスと過剰な喫煙に思い当たった。自ら身体を壊し続けていたという不始末があった。自ら癌への道をひたすら拓いていた。必然の結末、不条理とは無縁の「身から出た癌」「おれはアホやった」とあっさり受けとめた。

2度の手術を経て高率の生存率を保証された。しかし、その2年半後、肺への転移が見つかった。腫瘍内科医は手術不可、このままなら余命半年の見積もりを示し、抗癌剤治療が唯一の選択肢とした。そして、ご丁寧に「治療は治す為でなくて延命の為」という厳しいコメントまで添えた。生き様ならぬ「死に様」を模索する未知のステージに立たされた。現役時代に「早くお迎えが来てほしい」などと嘯いていたことが現実になってしまった。

「座して死を待つ」ことは避けたい。「もしかして治る可能性も……」と一縷の望みをかけて、科学に信を置く立場で、とかく議論の多い抗癌剤治療ではあったが、これを試すことにした。ところが、抗癌剤は老体にとって、「良薬口に苦し」の閾値をいささか超えていた。辛い時間を過ごすことになってしまった。それでもこの薬が延命の良薬になっていることを確信し、宣告された余命期限まで懸命に堪えた。体力と気力の限界がきたことを悟った。

抗癌剤を始めるとき、娘に「父親らしく生きて」の言葉を掛けられていた。どうせ短い命、生きる長さよりも生きている質を追うことにした。生きる楽しさを感じながら、穏やかに、さり気なく逝きたいという思いを強くした。投薬に依る副作用の強度と穏やかな平生の暮らしとのバランスシートを見直した。リスク覚悟で抗癌剤を思い切り減らすという新たな実験に臨んだ。

その結果、食事は進み、1日に数キロメートルの歩行をこなせるようになった。平生の快活さを取り戻した。「寛解」の声を聞かれる状態にまで回復した。片や癌の方は動きを止めている。その理由は知らない。薬効と普段の暮らしによる免疫向上、これらの相乗効果なのであろうと考えた。

生き様二態を試して正解を見つけた。今はもう、余命期限を遙かにクリアしている。再び娘が望んだ父親らしい平生・普段を取り戻したことを実感した。「復活」の花言葉があるというラッパ水仙を描いた絵手紙を子供や親友に送った。金婚式も祝った。生きる喜びを確と心に刻んだ。強欲かもしれないが、ずっと先にある米寿をも展望した。

しかし、甘くはなかった。死にかかっていたはずの癌は、どっこい生きていた。人の安寧願望をあざ笑い、見通しの甘さを打ち砕くかのように、肺の中で「リンパ節腫大」として、自らの領域を拡張していた。初回よりは2回目、2回目よりは3回目、心の負担感は、3倍ではなく、3の階乗以上を数えさせるくらいのインパクトがあった。薄れかけていた癌で死ぬのだろうか、という意識が鮮明に蘇った。強気は霧消し、生きることの失望に苛まれることになった。

こうして癌に3回目、更には4回目の闘いを挑まれている。まさに「癌は無情」、「世は無常」、発症・「寛解」・転移・再発・再転移……と好き放題に身体を蝕んでいく。

これまで死病・癌との対峙、医師との応酬、家族の愛、友人の心遣い等々が綯い交ぜになって、恐らく私固有のドラマがあった。もうこの先はないだろうと高を括っていたが、またステージの異なる延長戦、新たなドラマを始めることになった。どう展開し、その収拾、終末はどうなるのか、自分自身は勿論、処置する医師も誰も描けないし見通せないようだ。間違いのない事情は、私の命が死に向かって確実に進んでいるということである。

落ち着かない、落ち着けない。でも意外と落ち着いている。治療の可能性が残されていて、一縷の望みがあるならば、生存の可能性がゼロでないならば、これまで、幾度かの復活を遂げたことを拠り所にして、そして家族や友人たちの厚い励ましを気力維持の糧にして、恐らくいま癌との最期の闘いに挑んでいる。

この書き物は、想定以上の癌との長年の付き合いの中で、私が感じたこと、努力したこと、また学んだことなどを総まとめにしたものである。医学知識は皆無だが、闘病の有り様には自分なりの主張を以て取り組んだ。医師との接点、家族・友人との交流などを通した生き様や死に様に対する考えをめぐらし、動いてきた。

癌の発症後からおよそ8年、余命宣告後3年超の今を生き、そして再転移という新たな癌の広がりと対峙している市井の一癌患者の生き様又は死に様のドキュメント風雑記帳である。

癌を得ている人は、さまざまな問題を抱えながら、苦しみまた悩みながら、恨み言をもこぼしながら、読み切れない一寸先の不安と闘っている。だけど、笑いは多くないかもしれないが、毎日、夜になれば、今日も息継ぎできたことの仕合わせを思い、感謝しながら眠りにつき、朝が来て目ざめれば、頼りないけど、「昨日よりましか」と感じ取りながら、今日を始めている。不安はあっても、決して絶望はない。絶望したら、癌患者は到底、生きてはいけないことを薄らうすら知っているからだ。癌を得ている人は、無理筋でも、科学的になった「病は気から」を確信して、強い気を持って、日々を送りたいものだ。

癌と生きる◇目次

第三章　癌の暴力行為 …… 43

第一章　絶対的存在の癌

(1) お前なにもの

●絶対他者・癌

他者に対して悪さを働くものは、地球上の何処の世界にもいる。例えば己の利益を優先し、我侭に地球環境を壊し、限りある地球資源を無駄に費消する戦略なき、知恵遅れ企業国家、例えば正統な大義なしに外国に侵略する恥知らずな帝国主義的盗人国家、例えば他人に危害を与える罪悪人などがそうだ。そして癌は人間の身体の特定器官に巣くい、その機能を狂わせ、機能不全に追い込むという悪さを働く。

癌は「悪性」腫瘍とも呼ばれている。一般に、悪性とは質が悪いことを意味し、医学的には、「ある疾患に罹患しており、その予後が不良なこと」をいうらしい。致命的な場合、治療法が確立されておらず症状が悪化の一途をたどる場合などがある。癌はこれに該当するのだろう。

「悪性」は癌の性質として広く知られている。「良性腫瘍が周囲の組織を侵さないのに対して、悪性腫瘍は隣接組織を侵蝕し、また遠隔他臓器へと拡散する」（ウィキペディア）。何らかの原因でできた異常な細胞が、身体の中にその細胞の塊を作ることがある。これが癌であり、人の身体の中に巣くう悪者になって悪さを働く。間違っても、癌は身体の機能を改善したり、高めたりというような善行を施すことは一切ない。

むしろ癌は無秩序に増殖しながら、周囲にしみ出るように広がったり（浸潤）、身体のあちこちに飛び火して（転移）新しい塊を作ったりして、侵略域の拡張に勤しむ。癌は悪鬼・悪魔でしかない。しつこいけど、癌は人でなしの極悪者、魔性の敵、相対関係にある他者ではなく、比類するもののない敵なしの「絶対他者」と認めざるを得ない。

●癌への対応態勢

こうして、人々にとって癌は排除の対象となる。でも対抗する勢力側は、苦戦を余儀なくされている。端的には、癌を治せないでいる。手術に「成功」しても、ある日また、癌は再発したり転移したりと止まることを知らずに縦横無尽に人の身体を侵していく。

癌に抗い、その排斥役の一つとして登場し、一定の市民権を得ているのが抗癌剤である。ノーベル医学賞受賞者を輩出したように研究は進んでいるようだが、癌に勝てる薬剤は、未だ開発途上であり、完成の域にない。これ以外の対抗療法も力及ばずのようだ。癌の征圧は未だし。この後れをあざ笑うかのように、癌は今や世界の国々の国民病にまでなっている。

このような抗癌剤の採否を廻って世論は割れている。数多の議論がある。癌の侵入を拒絶することは難しい。加えて一度体内に入られたら、「死ぬ」までつきまとわれ、多くは望めない。夢と希望を圧し潰される。だから多くの人々にとっては、半端な衝撃ではない。

この抗癌剤の採否については、症状の重篤度とその収拾可能性を医師が診断し、患者の体力と意思をも勘案して、医師としての抗癌剤治療の推奨態勢を詳らかにして、最終的には、癌に罹った身体の持ち主・患者の意思決定に任すことが妥当と考えている。患者「固有」の体力と意思を考慮することなく、医師が教条主義的に、強圧的に患者に抗癌剤治療を強制することは許容されない。

癌は悪逆非道の殺人鬼といっても差し支えはあるまい。ならば、患者は癌治療をあっさり諦めることも一つの選択肢、いや親から貰ったせっかくの命、生きる望みを捨てずに、医療効果と少しばかり幸運の訪れも期待して、抗癌剤と付き合う覚悟があってもよい。「治す」努力を傾けながら、癌ばかりに心を奪われず、癌（副作用）が和らいでいる隙間を「楽しむ」ことで埋めて、心穏やかに生きて逝こうと考えてもいい。これは人生における最重要な意思決定であるにもかかわらず、残念ながら、その当否は誰にも分からない。絶対的存在の癌を前にしたら、多くの人は悩みに沈み、治療の是非、治療法の代替案の選択に悩むことになる。しかし、いずれを選択しても死を意識した悪戦苦闘の過程を送ることを覚悟せざるを得ない。

私はこのことをはっきり認識している。医師推奨の標準治療を一定受容し、先行き不透明の延命に賭けている。そして、その治療過程の中に、命果てるまでの間に、可能な限り「平生・普段」の暮らしを織り込めるように願い、気持ちが壊れそうになることを堪えながら、願いを実らせるべく努力し続けている。そう、重篤な状態にあっては、癌患者になって「横」になり、またある時は、癌攻撃の隙間を縫って健常者になって「立って」暮らす。罹患後8年、今なお転移・再発と3次、4次の波状攻撃を受けている。しかし今のところ、意外なくらいに普段の暮らしを得られている。

(2) 癌の特性

●癌の好物

国立がん研究センターによれば、癌はさまざまな要因によって発症していると考えられている。その中の最大の悪者は、女性では生活習慣病、男性では喫煙である。タバコの煙の中には、タバコそのものに含まれる物質とその含有物質の不完全燃焼によって化合物が生じる。合わせて実に約５３００種類の化学物質が含まれ、この中には約70種類の発癌性物質も含まれているという。驚きの数字である。これらの有害な物質は、タバコを吸うことですぐに肺に届き、血液を通じて全身の臓器に運ばれ、ＤＮＡを傷つけるという。

タバコはこんなにも恐ろしいものだったのである。それを「今日も元気だタバコがうまい」（日本専売公社：当時）の標語に同調して、飽きもせずに大量の喫煙を常態化していたことを思うと身の毛がよだつ思いである。我が人生最大の愚行であり、恥ずかしい失態であった。

今さら恨み言を言っても詮無いことであるが、なぜ未だにタバコという有害物質を野放しにしているのだろう。麻薬は人体を損壊し、殺人や放火や交通事故などの犯罪を誘発する。タバコは犯罪には繋がらないが、癌や脳梗塞など重篤な病気を人体に取り込み、死を促進する。犯罪と病死と、一方は規制・禁止・取り締まり、他方は解放・自由・自己責任、この取り扱いの差は、どこに求めればいいのだろう。喫煙（タバコ）は有力な国税徴収源、喫煙者は滅んでも国は助かる、恐ろしい図式である。

閑話休題、感染が原因になる癌は、B型やC型の肝炎ウイルスによる肝癌、ピロリ菌による胃癌、ヒトパピローマウイルスによる子宮頸癌などがその大半を占めているという。この他寡少ではあるが、飲酒、動物（牛・豚・羊）肉、塩蔵食品、肥満、化学物質（120種）、性ステロイドホルモン剤など広範囲に亘っている。

癌は国民病になった。3人に1人とか、2人に1人とかの会話が、普段に交わされるようになった。これらの言葉が、癌は怖いという思いなのか、誰もが罹るのだから仕方ないか、と諦めの境地で吐き出されているのか測りがたい。健常者でいるときに、癌に罹るための「自助努力」だけは、断固避けたいものである。これが自らやれる、せめてものリスク・マネジメントである。自責を苦にして生きている老・癌患者の私からの淋しいメッセージである。

●癌には罹りやすく、死にやすい

癌との共存を望む人はいない。病気に罹ってはいけないが、とりわけ癌だけには罹ってはいけない。癌は身体中を侵食する悪辣な行動を欲しいままにする。始末が悪い。その中身を暴いてみよう。以下に書いていることは、私の主観であり、普遍的な実態とズレがあることをお断りしておきたい。

脳梗塞のときは「ついていない」という気持ちだったが、さすがに癌のときは、「なんでやねん。俺、なんか悪いことでもしてきたんか?」などと己の愚行を棚に上げて、とめどなく当てもない憾みと怒りと虚しさを覚え、自らを罵った。

癌に罹って憾み言が強くなるのは、癌が死を連れてやってくるからである。完治することもあるだろう。でも、癌に罹ったら死ぬ可能性が高い。国立がん研究センターによれば、癌の死亡率は27・6%(2021年)、3人に1人が癌で亡くなっている。因みに、生涯で癌に罹る人の割合は、2人に1人である。癌の死亡率は1981年から実に41年間、ずっと死亡率の首座にある。

畏怖したくなる凄まじさである。長足の進歩を遂げる医学界だが、癌の進化(悪化)には付いていけないのだろうか。それとも人の生活の乱れや環境破壊が修正できないのか、原因は分かっているようで真因に辿り着けていない。

●癌は体力、気力の強奪者

癌は常に不快な症状や不当な痛みを以て患者を襲う。正確には癌を治すために用いられる外科手術、抗癌剤や放射線などによる副作用なのだろう。とりわけ抗癌剤の副作用は「身体に余る」倦怠感、脱力感、痛み、下痢・便秘、偶には嘔吐、食欲不振など、人が落ち着いて過ごす時間を奪っていく。普段の暮らしを求めても、癌はその障害物として立ちはだかる。こんな不快な状態が続けば、体力は衰え、気は萎える。「やる気」を失くする。患者はマイナス思考に陥りがちになり、無気力になり、何も手に付けられなくなって、機能不全状態に陥る。昂じてくれば、一定の期間、「レームダック（死に体）」に陥ることになり、遂には死に連れて行かれる。

●癌は「長生きする」

概して、癌は単発で終わらない。「治って」もまた数年後には転移あるいは再発し、酷い場合は、数回を超えることもある。弛まずに自身の住処を拡張している。それに伴って患者は弱っていく。癌は頼んでもいないのに時間をかけて、しぶとく人を死に連れて行く。

私の場合は、胃癌発症から2年半後に肺に転移した。抗癌剤治療を続けながら、更にその3年後、肺と鎖骨下部のリンパ節腫大として転移・再発を引き起こし、改めて抗癌剤治療に入っている。8年間、癌状態で息を繋いでいる。「楽しさもあるが、苦しさは数えきれないほどあった」。嗚呼。

○癌は見え隠れしながら限りなく増殖する
○癌は組織の下層を掘っていく（「垂直浸潤」）

○癌は同じ組織の中で増殖する（再発）
○癌は身体中のあらゆる組織を侵していく（転移）
○癌は再発と転移を繰り返す（死）

●金が掛かる

明確に、治療費は高い。身体を調べ尽くす多様・多層・高度な検査を「必要」とする。そこには精密機器・装備が稼働している。操作技術料、画像解析料、医学診断料など安くはない。治療薬、治療技術も多様に準備されている。これまたそれは製品開発・技術開発に膨大な時間と研究開発費をつぎ込んでいる。高額医療費になりやすい。とにかく癌を治すことには高額の金が掛かる。

一過性の治療で済めばいいが、そんなことはあり得ない。何クールかの治療を重ねて、効果測定をして、その後も治療方針を改めながら治療が継続する。抗癌剤の場合、薬の完成度に問題があるので、コスト・パフォーマンスを考えれば余計な支払いが発生している。

皆保険制度や高額療養費制度を適用されても、家庭の経済的負担は尋常ではない。この事情で治療を諦める人がいることを知っている。他方で、厚生労働省の定める「標準治療」に拘ることもなく、豊かな経済力を以て、健康保険を使わずに「高度」治療をする人もいるという。医療機会の差別が気になる。

●周囲に迷惑を掛ける

本人だけではなく、癌に罹ったこと自体そのことが、家族を巻き込んで精神的不安を巻き起こす。前記の通り、癌に掛かる費用は、想定外の余計な支出、家計を大いに痛める。そして癌患者に付き添う家族の労務提供量は、陰に日向に常識を超える負担である。不安、恐怖、焦燥、気遣い、肉体的疲労等々、大変な苦労と迷惑を掛けていることを忘れまい。
このような事情を認めるとき、「おれは病人だから……」を背景にした又言い訳にした、家族に対する甘え、独り善がりな言動、振る舞いなどは、絶対禁物と自省すべきである。「病んでは妻に従い、家族の言うことを聞け」を弁えて、謙虚に死んでいこう。

いろいろと癌に関することを書いたが、癌に罹っていいことは一つもない。人は癌に罹ってはいけないのだ。癌に罹ったら死ぬまで絡まれる。だから、癌に罹らない為に、癌になるリスクに近づかないことである。普段から「意識して遠ざける」努力を必要とする。普段の食養生、禁煙、節酒、ストレスを解く適度な運動と娯楽、緊張から弛緩への生活環境の急激な変化などに気を付けることが大事になる。

第二章　胃に癌が宿った

(1) 癌≒「死」

●「恐れ入りました」

前掲の通り日本人男性の半分が、女性の3分の1が癌に罹り、その死亡率はおよそ30%とされる。誰もが恐れる国民病になっている。世界の癌の死亡率は①ハンガリー②クロアチア③ラトビア等東欧諸国が上位を占め、日本は39位にランクされている（グローバルノート：2020年）。癌は世界の国民病になっているようだ。こうして人々は、癌が死に最も近い病気として認識し、恐れるようになったのであろう。

癌は誰もが罹るかもしれない国民病、この状況を一般論としては受け入れられても、その中の一個体である自分自身は、該当することはないと思いたい。誰でも罹る病気だから、「まあいいか」「おれも人並みか」と暢気に構えることはできるものではない。

日頃、「癌に罹るかもしれない」と思うことはあっても、それは戯言に過ぎない。これに対して、医師から「癌です」と告げられた言葉は、瞬時に宣告され、それは紛れもない事実である。数十秒にも満たない医師による癌宣告の事前と事後、天国と地獄の差である。いや、生と死の違いであることを思った。

癌に一旦罹ると、出来立てであろうが、進んでいようが、癌は死と連結している。癌は人を死に連れて行く疫病神である。人、とりわけ癌患者はこの病気を特異な存在として認識し、これからどうしたらいいのだろうということも分からないまま、ただ「恐れ入りました」の態勢をとることになる。当たり前だが、突然、やってくる癌に心の準備はない。まして「癌に罹ったらどうしよう、こうしよう」なんて癌対応の備えは一切持たない。ただただ狼狽えるばかりである。

私は癌に罹る前に、脳梗塞で倒れたが、この時は寝たきりの患いを懸念しても、死ぬことまでは想定しなかった。しかし、癌という言葉は、ズシリと胸に響き、人の心を重くする。明らかに、他の病気と死の重みが格段に違うことを知った。

人知れず涙を流したこと、一時期ではあったが、心が荒れたこと、「もう長くないから」の言い訳が目立ち、妻に注意されることが多くなったこと、他の病気との明確な違いであった。

●死の恐怖

働き盛りの頃、胃に違和感を覚えて病院に通い始めた。胃腺腫と診断され、年1回、内視鏡による経過観察を受けていた。通院を始めてから7〜8年が経過した頃だった、いつも通り、なんの不安も持たずに気軽に受けた定期検査で、遂に、それは癌に変質して胃に宿っていた。齢73の時だった。

「残念だけど、生検の結果は、胃癌だった」

医師はおもむろに告げた。

「未だ初期の癌だから、大した心配は要らない。奈良の公立病院を紹介するから、そこで精密検査を受けなさい」

と言葉を足してくれた。

この心配無用は、医師の気休めの言葉だろう。いたく気に障って、〝なんでやねん〟〝やめてーや〟と叫びたくなった。しかし、医師の精一杯の慰めと励ましの言葉と思えば、抗うこともなく、「ああ、そうですか」。取り乱すこともなく、冷静に辞去することができた。〝なったもん、仕方がない〟持ち前の諦めの早さか鈍感さが作用した反応だった。淡々として、医師による病状、治療法などの説明を聴き、医師が勧める手術先病院の紹介状をその場で書いてもらって帰宅した。そして、自宅に帰り着いて、人知れずトイレで涙した。

幸い妻は留守だった。隣に聞こえない程度の泣き声だったことを覚えている。

人は普段、平穏な日常が続くことに疑問を持つことはなく、至極当たり前のこととして、時を過ごしている。だから、思いもよらない病、とりわけ命の危険に直面する病、癌ともなれば、これからの人生にとんでもない不安を覚える。死の恐怖が、避けようもなく心を支配する。その実体を理解していないままに、死の恐怖は襲ってくる。

気持ちが落ち着いて後、妻と子供たちに癌に罹ったことを報告した。癌患者になった自身の不遇を呪った。知らずしらずに近づいてくる死を恐れるときが来ようとは。

教育環境に恵まれなかった寒村から都会に出て、知恵遅れの自分を知って、格差を縮めるべく苦学して、ようやく知恵遅れ状態を脱した。実業の世界で人並み以上の学習と実務を積んだ。そしてある領域で「仕事ができる人」になった。会社を経営しながら、縁あって、大学の教壇にも立つことができた。自己実現とはいわないが、知恵遅れだった田舎者にしては、上々の人生だったかと自負したものだ。

ところが、その後がいけなかった。仕事を措いて、楽に生きる道に入りかけたばかりの時に、「お迎えの知らせ」を受けるとは。苦労はしたけど、楽はできなかった。上々の人生は、散々な結末の訪れになった。何回も〝なんでやねん〟を繰り返すばかりだった。

大いに世話になった妻に対する感謝と後顧の憂い、家族・友人など周辺の人々との別れ、その寂寞感、やりたいことを残して逝く、その無念さなどが、ないまぜになって頭を過って、収拾できなかった。

現役時代には経験したことのない狼狽ぶりだった。まったく落ち着きを失っていた。〝ああ、俺は死ぬのか〟、自身の不遇を思い切り嘆いた。やるせない気持ちになっていた。日頃、素直に生きてきたつもりだったが、爾来、心は捻じ曲がり、ひがみっぽい言葉すら口にするようになり、ひねくれ者に変わった。感情丸出しの「もう終わった人間」に変わっていた。

〝俺はもうすぐ死ぬかもしれないから〟、〝俺な、明日をも知れない病人やで〟等々、あらぬ妄想の言葉を吐いて、周囲に不愉快な思いをさせる醜態を曝していた。我が身の小ささを露呈させていた。今、思い出すだけでも恥ずかしい。

こんなことで不安や苛立ちを拭い去ることはできない。ましてや癌の縮小や消滅などの問題解決になりはしない。生（行）き場も、やり場もない、人生のどん詰まり感、どうすればいい？　自死を含めて、深刻に悩んだ。事実、ある山中散歩の途中で、首を括って死のうかと思った。この時、縄も紐も用意していなかった。愚かにも、思いつきで事がなせるわけはない。考え直そう。あっさり諦めて、元来た道に戻った。

その時に思ったことは、「どうせ、その内にお迎えが来るようになっているのだから、家族に迷惑掛けて、わざわざ恥を曝してまで、自ら進んで死ぬこともなかろう。どんな人生があるのか読めないけど、死ぬまで生きよう」だった。心の大変節が起こっていた。

●解決力は自身にある

人は死が現実になった時、どのような行動をとるのだろう。ある論文のうろ覚えだが思い出した。

先ず「否認」から始まる。「俺が癌？　そんなアホな」の気持ちがある。この事が否定しがたい事実であることを認識し、次第に「何故俺だけがこんな境遇に墜ちたのか」と孤立感を深め、他人とのギャップが感情を激しくする。そして、死の回避や延命を願って神仏にすがったり、善行を施したりする。死を少し先延ばしできないか、或いは奇跡が起こって死を再び忌避できないかと考えて神仏にすがったり或いは善行を行ったりする。

これらの行為が気休め、限定的な効果に過ぎないことを知り、諦めや虚しさ、更に絶望を覚えつつ、いつしか、「死は誰にでも訪れる自然なこととして受け入れる」ようになり、これまでの価値観や生き様を見直し、心静かに暮らすようになる。

死を認識した時の平均な人の意思や行動である。当たっているところ、そうでない要素があって当然のこと。私の場合、紆余曲折の実態では類似部分が多いが、神頼み・仏頼みだけは無縁であった。身体（病気）は医師の力に依拠できるが、精神・心の方は、自分自身が人との交流の現場で、意識し、行動して、死を織り込んだ自分を創り直す以外にないように思う。
癌に対してなんの手当てもしない内から、「死」を考えるのは困ったもの、〝迎えに来るんやったら、来たらいいやん〟と開き直る余裕すら出てきた。

〈これまでとこれから〉
人里でのんびり育った。清浄で無垢の佳き時。
閾値を超えて必死に駆けた。真っ直ぐな苦楽の時。
人様並みの人生を生きた。これを良しとしよう。
この頃に五臓の煩いの徴があった。
遅かった。
胃に性悪の癌が宿った。
不条理を思うが、来たものは仕方がない。
ならば……、

頑張り過ぎないで、
さり気なく生きよう。
乱れなく生きよう。
明るく生きよう。
自宅で生きよう。

●罹患公開で気が楽になる

先行きが短いのであれば、人様に嫌われるような、ふて腐れた生き方はするまい。もう一度、しんどかったけど、生き甲斐や遣り甲斐を求めて頑張っていた現役時代に還る努力をしてみよう。人生の最終コーナー、一人抜いて二人抜いて、死ぬまでのこれからを「楽しく」「おもろく（面白く）」「生きている証しを創りながら」過ごしていこう、という決意をした。死を織り込みながら、二転三転・行ったり来たり、曲折浮沈、紆余曲折を自在に繰り返しながら、希望と展望をもった生き様か死に様かを探す心意気をもった。

死に塞ぎ込んで、内に閉じ籠もるよりは、外に向かって欝々したこの気持ちを放出しよう、国民病になっているのだから、身体の欠陥を隠し立てすることなく、事のついでに、癌に罹ったことを公開することにした。この方が自分の性格にも合うし、ましになるだろうと考えた。

親しい友人には〝癌に罹った、あかんわ〟と素直に知らせた。ある古代史のサークルメンバーに対しては「私の遺跡ガイドは、今日で『最終講話』になります。私の『命を賭けて』案内します。皆さんも健康に気を付けて学習を積んでください」、また顧問先の社員たちには「働き過ぎて癌が迎えにきた。あなたたちとの付き合いも長くはないようだ。みんな学習に励んで、大きくなってくださいね」等々、接点を持った人々に正直に、笑いも交えて語り、癌の罹患を告白した。

知らされた方は、余計な気遣いが必要になり、迷惑だっただろうけど、知らす方の私は、これまで通りの近況報告と同じ扱い、お付き合いが変わることのメッセージの発信であった。親しい友人・知人として認知していることを改める場面であった。

●「身は病んでも心は爽やか」に

このような接点を重ねる度に、多くの励ましを受ける。対面時の生の言葉、改めてのメールや手紙をもらう。期待していなかった外部からの元気が注ぎ込まれてくる。どん詰まりの焦燥感と切迫感が抜けて、気持ちは楽になっていく。

「身体は病んでも心は爽やか」手術もうまくいくだろう。やっていけそうだ。癌と付き合ってやろう。悲観的にならず、「死」を遠ざけて、心もちをこれまで通りの普段に戻すことができた。
こうして癌との付き合いが始まった。「癌の新人」として、心の問題解決ができたときに詠んだうた、元気を以て癌に闘いを挑む詩を残している。

〈Kakatte konkai !〉

脳梗塞を難なく越えた。
心生きいき弾ませてボランティア活動に精を出した。
好事は魔多しの現実か、頼んだ覚えのない病魔がやってきた。
それはタチの悪い癌だった。
絶対的存在とまで言われる、疫病神だった。
それは人が忌み嫌い恐れる死病だった。
奴はいま、断りもなしに俺の胃の中に棲みついている。
俺の命を取ろうと企んでいる。
日毎夜毎に、俺の息の根を止めていくのだろう。
でも、そう簡単にはくたばらないぞ。

負けへんで。
必ず生き延びてやる。
Kakatte konkai！

⑵「身から出た癌」

●不摂生な暮らし

学業成績では「可」が支配的だったけど、仕事・実務成績は「良」又は「優」が優勢になった。学生時代を遥かに超える実務演習に励み、時を忘れて働いたことが功を奏したものと自負している。マーケティングの領域でちっぽけな会社を切り盛りして、限定的ながら認知された人になることができた。縁があって、京都の有名私立大学（院）の客員教授として、5年間、教壇にも立った。

とかくよく働いた現役時代には、大量のタバコを吸った。「いこい」や「ハイライト」といったニコチンやタール分の多い安物のタバコを吸っていた。前掲の、日本専売公社の「今日も元気だタバコがうまい」を盾にして、1日に20本入り3箱、60本も吸っていた。社員からは「社長はタバコを吸いながら、コーヒーを飲んで、その合間に仕事をしている」と揶揄されていた。アホな行為を重ねていた。

社員にからかいの言葉を浴びながら、寸暇を惜しまず働いた。そしてタバコを吸った。家の中では、妻をして「あんたは子供が伸び盛りの時期には家には居なかった。子育てには参加していなかった」と非難される始末だった。頭は上がらない。家庭貢献活動をしたのは、息子の大学進学に関わる三者懇談、（初めて行った）父兄参観日に、教室の前扉から入室してみんなの失笑を買ったことぐらいの憶えがある程度である。

偶々の仕事の合間にコーヒーを啜りながら、社員の前で「早くお迎えが来てほしい」と嘯くことがあった。おそらく当時の過ぎる忙しさから逃れたい気持ちがあってのことだったのだろう。

癌が見つかった時、まさか、苦し紛れに、さり気なく吐いた弱気なこの言葉を真に受けて、癌が我が身に来たのだろうか、とあらぬ思いを廻らしたものだ。

競馬や宝くじなどに当たることは滅多にないのに、軽い冗談で口の端に乗せた「お迎え願望」が当たってしまった。洒落にもならない。放言でも軽口でも、命にかかわるような阿呆なことを口にするものではないとしょんぼりした。呪いはしなかったが、自らの軽口を責め、戒めた。

業務品質を高め、クライアントの競争力向上に寄与する。併せて業績を上げる、社員育成にも気を配るなど、仕事上のストレスを過剰に背負って稼働していた。まさに脂の乗り切った、しんどいけど、仕事が面白い時期だった。能力の限界を超える水準で、仕事をこなしていたのかもしれない。

タバコを吸った動機は、紛れもなくストレスの解消であった。言い訳にもならないことは十分承知している。無茶苦茶に仕事をして、アホみたいにタバコを口にする。こんな不摂生な生活が身体にいいはずはない。呼吸困難で病院の世話になったけど、望んでいた？「お迎え」は来ることなかった。


52歳の時だった。阪神・淡路大震災に遭遇した。仕掛かり業務の処理に忙殺されていた最中の出来事だった。被災した社員の救済やらクライアントの被害確認、お見舞いやらの突発的業務が加わった。東京事務所の支援を受けても手に余る仕事量だった。心身共に異常な疲れを感じながら走った。通常の域を超えていた。

どうにかこうにか後始末を終えて平生に戻った時、深く考えることもなく、あっさり〝もうええか〟という気持ちに支配された。ひと頃流行った燃え尽き症候群に陥ってしまった。そして後顧の憂いもなく、社員や家族に相談することもなく、きっぱりと激務を措き、会社も離れることにした。そこには自分が育てた会社を離れることに何の未練も、寂しさもなかった。

●弛緩は病を呼ぶ

生来の貧乏性の故か、リタイアしてのんびりしている状況はどうしても落ち着かない。仕事から全面撤退するのは未だ早い。こんなことを思いつつ、スロー・ライフを旨にして、独り、のんびり小遣い稼ぎのつもりでマーケティング・コンサルティングを生業にする個人事務所を開いた。タバコを吸わなくてもいい仕事、妻と家族と交流する時間を持てる、ゆとりのある生活スタイルに変えた。

そのはずだったのだが、世の中はそうはうまくいかなかった。僅かばかりの休み時間では、これまでの仕事中毒は抜けていなかった。止せばいいのに東京のクライアントを探して、爾来、大阪と東京間を行ったり来たり、これまでと変わらない仕事漬けの状態がまたぞろ出来した。社員がいない分、却って負担は重みを増した。

頭がふらつき、めまいが頻発した。頭が割れるように痛むこともあった。耳鼻科、脳外科など病院通いが増え始めた。ダイアリーは仕事の予定よりも、通院の予定の方が優勢になってきた。〝こりゃいかん〟と身体の損傷具合が気になってきた。もうこれ以上働いたらダメになるという恐怖を覚え、48年間続けてきた仕事のすべてを放擲した。65歳だった。

仕事の代わりに明日香村でボランティア活動に参加した。ところがその半年後、竹林伐採中に、左半身に痛みを伴う強烈な痺れに襲われた。入院する羽目に陥った。脳梗塞だった。生まれて初めての救急体験だった。この病気は当時、心筋梗塞、癌に次ぐ死亡率第3位の厄介な病気だった。

もはやこれまでかと覚悟したものだ。病院に向かう車の中から妻に電話して、呂律を乱しながら「竹の伐採中に倒れた。いま病院に向かっている。これが最後の言葉になるかも……」と告げたことを鮮明に憶えている。手当てが早かったことが幸いし、20日間の入院、リハビリの必要もなく、まして「お迎え」に出逢うことなく無事に生還し、普段の状態に戻った。大病との遭遇第一弾、見事クリアした。猶いいことに後遺症もなく、直ぐにボランティア活動に復帰できた。

この脳梗塞の後を襲ったのが、忌まわしい癌だった。時を同じくして胃の変調が起こっていた。脳梗塞が癌発症の前振りだったのか、と勘繰っている。一つの病気を超えた時には、既に、癌が出番を待っていた。なんのことはない、身体の健康は、とっくに壊れていた。

「病は気から」、明確な根拠もなく、実しやかに語られる俗語である。まんざら的外れとは思えない。身体は激務から有閑へ急変した。心は緊張から弛緩へ急転換した。仕事の品質・出来栄え、納期、業績などの一切の重荷から解放されて、心身共に急激な変化があった。

この種の事象は、定年退職直後の鬱の発症や認知症の進行などで語られている。ひと頃、喧しく騒がれた「燃え尽き症候群」と鬱病の関係が蘇る。身体活動の質的また量的変動は、精神的なゆとりをもたらし、その弛緩の隙間を衝いて、潜在していた病魔が身体的な問題、弱点部分を襲うという構図なのであろうか。「弛緩は病魔を呼び込む」、そんな研究論文を見たことはないけど、心身の変化と発病との絡みを否定できないと考えている。私が癌に罹ったのは、この緊張から弛緩への転換が遠因になったと思わないでもない。

●喫煙とストレス

二つ目の病因は、前掲のタバコの大量喫煙である。そしてこれと連動する過分なストレスであった。タバコは実体として、疲労の激しい身体に相乗的な悪影響を及ぼした。ストレス解消を理由に手にしたタバコ、当時から、これが身体によくないことを知っていた。このことを知りつつ吸い続けた行為は、まったく言い訳のできない破壊的・自滅的愚行であった。

因みに当時の異常な喫煙は、息苦しさを誘発し、深呼吸ができない状態になっていた。

呼吸器科の医師は、

「肺胞の3分の1は真っ黒、壊死している。これ以降も喫煙を続けたら命に関わる」

序でに、

「アホ違うか」

という悪らつな言葉を投げかけて、これからの禁煙を厳しく勧めた。

爾来、禁煙と喫煙を数回繰り返し、禁煙中に噛んでいたチューインガムで虫歯をこしらえながら5年掛かりで禁煙に漕ぎつけた。チューインガムが影響して、今は入れ歯に世話になっている。

タバコを吸って、虫歯になり、脳梗塞になり、癌にまで繋げた愚行。身から出た錆ならぬ「身から出た癌」だった。

タバコと切っても切れない間柄は、ストレスであった。仕事でストレスをためる。それを紛らわす為に効果があると自分に信じ込ませて吸ったタバコであった。私の場合、ストレスを無縁にする有効な代替行為はタバコしかなかった。酒を飲まないから猶のこと。暇を見つけて、ストレス解消の場として麻雀に興じた。多くは偶の遊びだからと勝手に言い訳して、深夜にまで及んだ。その間の喫煙量は、勝っても負けても「くわえタバコ」の状態であった。ストレスと喫煙、悪事を働くどうしようもない共犯者であった。

癌は人智でコントロールできない、絶対的存在の病気とされている。だから、癌には罹ったらいけない。その為の予防を怠りなくやれば、完全ではないけど罹患を防げるということだ。自身の心得の甘さと行動の拙劣さや手抜きに求めることができる。自らの不摂生な行いによって、癌の種を体内に宿し、それを飽きることなく養生又は培養し続けたことに帰結する。私の体験からの考察である。とはいえ、ストレスの処理は未だ判らない。

第三章　癌の暴力行為

(1)「闘病」

〈半ば生を諦め、往生際を悪くして、半ば生を追う〉
なんの断りもなく、癌がやって来た。
横着な奴と思いつつも、己で納得出来るだけの理由はあった。
ここを区切るかのように癌が来た。
落ち着きのない癌は肺にまで移り住んだ。
それは今猶、領地の拡大にいそしんでいる。
だから、私の身体はぼろぼろになりかかっている。
生きる余力も時間も奪われている。
ことここに至っては万事休す、と諦めるしかない。
ためらうことなく〃よく頑張ったやん〃と自らを褒めてやろう。

少し時を逸したけど、残っている時間を楽しく生きよう。

絵本作家でエッセイストでもあった佐野洋子氏は、死ぬ2年前に『死ぬ気まんまん』という本を出した。こんな一節がある。「私は闘病記が大嫌いだ。それから、闘うというのが嫌い。『やめろよ、壮絶なんて、さっさと死ねよ』」。6年間の癌との付き合い、自由奔放に、豪放磊落に、死病を受け容れている。羨ましい。
と思いつつ、その実態は癌に勝てないむなしさをやけくそ気味に描いた立派な闘病記であろう。懇意の医者を傍に置いて死生観を交換しながら死を待つ、ぜいたくな死に様とみたい。斯様に癌患者それぞれに闘病死の経歴をもつ。100人100通り。だから100人100通りの闘病記録があっても不都合はない。

死亡率の高い癌を前にした時、人は癌の生存確率（死亡率）と自身の生存欲求の高さを問う。例えば、医師に「このまま放置すれば寿命は3カ月、治療すれば1年以上」と微妙な判断を要する情報を提供されたとき、患者の意思決定は、闘病又は放置、どちらに傾くのだろうか。生存欲求の高い人は、「治りにくい」と判断しても、治療・闘病を選択するであろう。そうでない人は「もういいか」、あっさり治療を諦めるのかもしれない。

先に、癌は「絶対他者」、人が勝てる相手ではないことを書いた。このことを認識するならば、「癌は死病」、死を連れてやってくる病気だから、癌の治療をすることは、負け戦を挑むことに繋がる。ならば治療はやめておけという理屈も成り立つことになる。悪いことに、癌を治す治療法は、はっきり言って未だ「ない」状況にある。癌治療（標準治療）のコストパフォーマンスはまだ低い。先進医療の成功確率は知らない。癌が怖い由縁である。

他方、人は生きて行く為に5〜6種の欲求を持つとされる（マズロー）。この中で唯一の身体的欲求が生存欲求である。食欲、睡眠欲、性欲など生命維持に直結する必要最低限の生理的な欲求である。癌との闘病は必定ということになる。

このように癌に罹ったら、治療・闘病の是非、我が人生にとって死ぬまでの時間をどのように過ごすか、重要な決め事に答えを出さなければならない。この間の治療で受ける身体的な損壊と精神的な苦痛、それでいて大衆が受ける標準治療のコスト・パフォーマンスの低い実態を知れば、闘病を回避する人もいるだろう。『患者よ、がんと闘うな』という書物を著した医師もいた。

いずれにしても、この答えの正否は、患者は勿論、医師も、さらには学者・研究者も誰も知らない。論理的に読めない。ともかく、「やってみないとわからない」のである。そこにあるのは、曖昧な心理的願望と結果だけである。

私は一縷の望みを恃んで、そんな難物を身体から排除し、健康な身体をとり戻そうという意志を以て、療養にこれ努めている。生きたい願望、生存欲求が動機になっている。例え手強い癌であっても、貧弱な手持ちの武器であっても、そして勝ち目のない闘いであっても、せっかくの命を無為徒食で消費したくない。それは虚しいから。

この選択が、多くの癌患者に共通しているのではないか。「生きたい」「もっと長生きしたい」という確かな生存欲求をもって、医師の医療的支援と指導を受けて、癌に挑む。これを「闘病」と呼ぶのであろう。

私の場合は、何の躊躇いもなく、治療≒「闘病」を選択した。それは即ちやってみなければ、結果は出ない、判らない、という実証主義の考えを持っているからである。過去の事実に依拠して、仮説を立て、それを検証し、正否を求める方法論であった。この思想を大事にしてきたからだった。

序でにいえば、闘わずに平穏を求めることを快しとしない。「絶対他者」の存在に、挑む前から自分の負けが判っていても、そのことを覚悟で挑み、潔く闘うことの方が納得できる。同様の体験をして、「負け」のケースが優勢なのだが、懲りずに挑んでいる。無謀行為という見方もあるだろうけど、負けの犠牲になるのは、ただ自分一人、せいぜい迷惑するのも家族まで、国益を廻る戦争ではないのだから。

ならばと腹を括って、病院から差し出される治療に関わるさまざまな同意書に、その内容を多く理解しないままにハンコを押し、医師に対して「よろしくお願いします」と身柄を預けた。こうして腹の中に悲壮な気持ちを押し込み、「来たものは仕方がない」、医師の技術を恃みながら癌と向き合ってきた。そして医師の余命見積もりを遥かに超えて８年を生きている。これは私自身はじめ医師や家族など、すべての関与者にとって、想定外の好結果である。癌に「勝った」とは言えないが、「大いに健闘している」水準である。

(2) 癌を取り損なった‥内視鏡切除手術

●初期の胃癌

善は急げとばかりに、地元クリニックに紹介された奈良の公立病院の消化器内科を訪ねた。検査を中心とした日程を決め、月内に造影ＣＴ検査や内視鏡検査を受けることになった。

またもや病人になってしまった。妻が「脳梗塞も後遺症もなく綺麗にクリアできたのだから大丈夫よ」と励ましてくれた。幾らかでも気は楽になるが、大袈裟には「死をめぐる手術」、これからの展開には緊張は解けない。

検査結果が出た。初期の胃癌であるが、手術の難しい場所にある厄介な形状の癌という。医師は、

「胃噴門部の奥まった、胃壁が最も薄い所に潰瘍性の癌があり、粘膜下層まで浸潤している。リンパ節への転移も認められる。この状態なら内視鏡による手術で切除可能である」

しかし、

「この手術は高機能な内視鏡と高度な操作技術を必要とする。容易な手術にはならない。当院でもできないことはないが、手持ち機材の性能や難度の高い切除手術の実績にやや問題がある。推測だが、おそらく奈良県内の病院では難しいと思う。遠くなるけど、大阪市の癌専門病院が最適だと思う。そちらを紹介したい」

と説く。

誠意ある姿勢だった。実直な情報公開に感服し、紹介先に転院することを受け容れた。

病院の実体を知らない患者は、彷徨う人になる。だから、多くの患者は「有名」、「実績」、「評判」或いは「都会に所在する（癌）専門」という言葉に依拠することになる。紹介を受けた大阪の癌専門病院も手術・治療の成功確率は、きっと高位にあるのであろう。自らもインターネットで、病院の医療・患者対応方針或いは手術実績などを調べて、正直、安

心感を覚えた。

5月末、紹介状と胃カメラ画像を携行して、大阪の癌専門病院の消化器内科医に会って治療法とこれからの段取りの説明を受けた。手術は6月に決まった。

この間、消化器、呼吸器、循環器など幅広い範囲に亘って、さまざまに精緻な検査を受けた。当時、健康保険の負担割合が3割だったせいもあり、検査費用の高さに驚いた。というより怯えた。「おちおち病気なんてしておられない」との思いを強くした。己のことでいっぱいなのに、経済格差と医療格差、地域格差と医療格差の問題にまで頭を巡らせてしまう。

検査の合間を縫って、飛鳥のボランティア活動に出向き、国会図書館で原稿を書き、歴史講座を受講し、熊野古道に足を運んだりして、癌患者前の健常者としての暮らしを送ったものだ。

検査結果が出た。手術仕様も決まった。緊張は高まった。
○病名：噴門部胃癌
○ステージ：T1b・SM、胃粘膜下層に留まる。リンパ節転移あり

○術式：内視鏡下摘出手術
○手術時間：3時間
6月初めに入院し、4人部屋に入る。満室、相部屋の悲哀なのか、隣の食道癌患者が、夜中に出す異様な雑音で、満足な睡眠が取れなかった。弱気になっている手術前のこと、体力を奪われ、先行き不透明感が増長する。些細なことでも癌に紐づける小心者になっているる自分に気づいたものだ。

●内視鏡手術失敗（2016年6月13日）

内視鏡による胃癌切除手術の日。妻と長男と初孫の3人に見送られて、脳梗塞以来7年ぶりにストレッチャーに乗って手術台に運ばれた。医師に我が身と我が命を預けた。預けたといっても、俎板の鯉というほどの落ち着きはない。初期の癌であり、高機能な内視鏡装備、豊富な臨床実績をもつ癌専門病院、一定の安心感は持っていても、今生の別れになるリスクはゼロではない。麻酔で意識を失うまで、尋常でない緊張感と死の恐れを持ち続けていた。

予想通り難所における難度の高い手術になったようで、予定時間を1時間も超過する

「大手術」になった。深夜2時半に集中治療室で目覚めた。麻酔が切れたのか、激しい腹痛と吐き気で目覚めたのか分からない。身体はさまざまなチューブ類で機器に繋がれていた。自身の記憶にはないが、部屋の暑さもあって、痛いの痒いのと、あれこれの不満を口にして、看護師をずいぶん手こずらせたようだ。

さて、肝心の手術は、不首尾に終わっていた。癌を取り切れず残してしまった。大船で挑んだはずの航海が小舟だったようで難破してしまった。無残な結末になった。切ない、悲しい、悩ましい、悔しい、辛いの形容詞を並べ立てたい惨い結果になった。立腹ではなくて、「癌専門の大病院でも失敗することがあるんだ」、落胆は大きかった。

再手術を引き継いでくれた消化器外科医が明かしてくれた話によれば、

「浸潤部の癌も、リンパ節に転移していた癌も、取り残されたままだった。胃壁には大きな孔が二つ開いていていた」

3時間のはずの手術時間は1時間超過していた。難しい手術だったのであろう、と初めは善意に解釈した。しかし、術後に手抜きする医者の対応を見て、手術の実体は、じっくりと患者の身体を傷つけていただけだったのでは？　こんな疑いを持った。明らかな「医療過誤」ではないのか、とすら疑った。いや、不首尾の原因が詳らかにならない限り、間違いなく「過誤」という疑念は捨てきれない。

肝心の主治医から謝罪の言葉はなかった。腹痛で苦しんでいるさなかにやってきて、

「あなたも頑張ってくれた。こちらも頑張ったけど、難しい手術になって及ばなかった。残念です」

これだけの言葉を残して、すごすごと何処かに去っていった。これからどうなる、患者の関心事に触れることはなかった。

翌日、消化器内科部長も私のベッドの脇に立った。何しに来たのか挨拶風の言葉を一言二言、私の琴線に触れる言葉もなく、主治医同様に何処かへ消えていった。大いなる失望。〝どうすんねん〟、腹痛の続く患者は、独り立ち往生ならぬ「横往生」のまま、ただ先行きを不安に時間を過ごすだけだった。

その後も主治医の回診はなかった。レジデント任せ。〝なんやねん、クソガキ〟口汚く、独りごちた。手術後6日目にようやく激しい痛みは和らいだ。院内を歩けるようになった。入院は7日間の予定だったが、2日間も延ばすことになった。こんな状態で放り出すのは忍びない、というせめてもの病院側の配慮だったのだろう。

こうして私の癌との腐れ縁は、癌の切り損ないという失敗を経て、難儀の道程を辿ることになった。早く縁切りしたいという願望は、ずたずたに踏んづけられ、収束する気配す

らもなく、捻《ねじ》れて、縺《もつ》れて、縒《よ》れまくって、それらが絡みあって、ここから8年後、私の身体はヨレヨレになった。この手術の失敗さえなかったら、と思うのは虚しいだけ。ヨレヨレでも生きていることを良しとしよう。

(3) 見事なリカバリー：腹腔鏡手術（2016年7月22日）

●5年後生存率95％

改めて、心電図、肺活量、脳内検査、頸部エコー検査、頭部MRI検査、脳循環器内科の診察等々、頭頂から足先に亘るさまざまな術前の検査を受けた。手術による作用・反作用が起こりそうな部位を悉く調べているようだ。

この時、数十年ぶりに自分の身体の実情を知った。血管の老化を指摘されたが、それ以外には手術に障害のあるような問題はなく、スムーズに手術に移ることができた。

2回目の手術は、単孔式腹腔鏡下手術。家族に見送られて手術室に向かう。看護師に迎えられ、即座に手術台に乗せられた。手術室の設備を見る暇もない動き。麻酔を打たれた直後から眠り、術後移動した集中治療室で目覚めるまで意識なし。事前説明では腹部4カ所に孔を開けて、カメラや摘出道具類を胃の中に入れて手術すると聞いたが、実際はへそ部1カ所だけ孔を開けた単孔式手術だった。手術痕は全く見られない。

「患者の負担は小さい方がいい」

との配慮があったようだ。

手術時間5時間、手術は成功裏に終わった。リンパ節に転移していた癌を含めてすべての曲者が除去された。内視鏡で開けられていた大きな孔も塞がった。胃が3割弱小さくなった。

「胃の入り口部分を30％くらい切除した。胃から食べた物を戻さないように逆流防止弁も付けた」

「リンパ管に入っていた癌もすべて取り除き、前の内視鏡手術で開けられた孔もきれいに始末した」

「手術は成功。5年後生存率95％、ほぼ完治です」

「抗癌剤の治療はしません」

手術を担当した新主治医の術後の晴れがましい言葉だった。初回手術失敗後の大逆転、喜びは一入だった。

〝先生、ありがとうございました〟。「捨てる（下手する）医師あれば、拾う（治す）医師あり」を思った。〝生きられる〟。家族共々、快哉を叫んだ。

術後の痛みもなく、身体に繋がれているチューブ類も日ごとに順調に外されていった。手術場面を離れて、その後には栄養士による食べ方の指導が熱心に行われた。この連結・段取りの速さには驚いた。禁忌の食べ物の指示、守るべき食べ方・三原則の指導を受けた。

○少しずつ
○しっかり噛んで
○ゆっくり飲み込むこと

これは胃癌手術をした患者が順守すべき「鉄則」だった。納得、分かった気になった。ところが貧乏人の悲しさ、卑しさが邪魔をして、このルールが思うように守られない失態続き。この後、せっかく食べたものを吐き出す場面を断続的に演ずることになる。

大手術を終えた病人と思えないくらいに心は弾んでいた。意気揚々、元気いっぱい状態で退院した。妻の心遣いで、帰宅直後に、大好物の西瓜が目の前に現れた。退院祝いとばかりに、これに貪りついた。この時、栄養士に言われたあの食べ方の三原則をすっかりどこかに置き忘れていた。あの教えを守らなかったことに対する反撃が間を措かずに始まった。

水でしかない西瓜が喉に痞えたのである。喉を詰まらせ、胸の辺りに痛みも出てきた。洗面所に走り、そこで戻した。鼻水が垂れ、口からは粘度の高い液体が吐き出される。そして食べたばかりの西瓜の滓様の物を吐き出す。すべての内容物がなくなるまで続く。吐き終えたら正常に返った。生まれて初めての体験だった。気を付けよう、栄養士が胃癌患者の食べ方を諄々と説いた理由が初めて分かった。反省することしきり。

●「病人」になりませんように

手術は上々の首尾に終わったが、身体にメスを入れて、胃の一部を切り取り、食道を引っ張って、残った胃と繋いだわけだから、さまざまに起こる身体的影響や後遺症からは逃れられない。とりわけ喉の痞えは、油断すると未だに起こっている。ルール通り食べていない証拠である。胃癌患者の後遺症は、漸次、治まってきたが、その期間は年単位の時間を要するようだ。

この種の症状が出ないようにするには、多くは自助努力に委ねられる。辛苦の体験から学び取ることを期待する以外にない。悔しいけど、癌患者というのはこんなもんなんだ、と自覚し、付き合うことにする。

幸いにして寝込んでしまうほどの重い症状ではない。体調は安定せず、相変わらず食べられない、食べたら喉に痞えて戻す、身体が怠くなるなど食べることに苦労したが、手術はうまくいったのだから、一過性の症状だろう、自らにそう言い聞かせて堪えてきた。痛い、痒い、しんどい、という暗い言葉を使うことを減らした。そして、家の中に籠もらずに、できるだけ野外に出るように努めた。

手術後間もないある日から、顧問先の社員旅行に便乗してハワイ旅行に行った。小さくなり、弱っている胃ではアメリカ食に対応できず、食べられるものがない。食事難民に陥った。帰国直後の体重は40kg台前半にまで落ち込んでいた。食の困難は、透き通る海を見ながら砂浜を散歩することで超えた。気分の爽快感は最上、思いがけない儲けものになった。これに味をしめて、体力、体調のいい時を見計らって、北海道から沖縄まで日本各地の「行ってみたい所」に出掛けるようになった。非日常を体感し、癌罹患の憂さ晴らしをしている。

長い間、休んでいた飛鳥のボランティア活動にも復帰した。妻が作ってくれる小さな握り飯1個とカロリーメイト1箱をリュックに入れて、いそいそと出掛ける。身体の怠さや体調不良も、飛鳥に行くと何処かに消えてなくなった。そこには鮮度の高い空気があった。

言葉を掛け合える友がいた。草を払い、花木を植え、木を伐るなど、身体を動かし、汗を流す仕事があった。私にとって、飛鳥は健康を取り戻す、人間再生の恰好の場所になった。旅で、山野で、人との交わりの中で、身体を動かすことで、病は治せるかも。こんな感覚をもった。

楽しい日常がある。あきらめてはいけない、敢えて意識的に、自分に対して、気持ちの低迷・沈滞・苦境の日常を無縁にする努力を強制することにしている。自分で動ける体力があるならば、家に閉じ籠もらず、外に出よう。人と語らう機会を意図的につくろう。癌を患って学んだ、老人の生活信条の一つとなった。

閑話休題、堪えてきた手術後の後遺症やそれに対する私なりの防御法、努力を幾つか記しておこう。

●てんこ盛りの後遺症

手術1年後検診、幸いに再発も転移もなかった。

しかし、体調はいっこうに安定しない。まずは食欲不振。胃の3割を切り取っているので食べる量が必然的に減る。食欲も落ち込んで多く食べられない。「限界食事」というべき二重苦の中にあった。たんぱく質を摂りなさいという周辺の助言で、病院で処方された栄養剤「ラコール」や自前の「カロリーメイト」「アミノ酸ゼリー」などで補った。しかし、体重減は止めようもなく54↓53↓52kgと落ち込んだ。因みに手術前の体重は62kgだった。医師の10%減の想定も15%以上減になった。

上からの排出と下からの排泄が恒常的に起きる。いや、自ら起こしているというのが正しいかもしれない。満腹感を覚えたときは危ない。高い確率で下痢になる。栄養補給剤として支給された「ラコール」なるものも補給剤どころか排泄剤になる。却って体力を消耗させる。酷い時は「水便」。この原因は不明のまま、医師の明確な所見もない。経時とともにラコールの飲用を遠ざけるようになった。

上からの排出は、喉痞えである。食事中又は食事後暫くして、食べた物が食道と胃の繋ぎ目の辺りに痞えて苦しくなる。しゃっくりが出て、粘度の高い唾液と共に食べた物が吐き出される。酷い時は胸が痛くなる。

この喉痞えによる吐き出しの場面を描くことには暇がない。久しぶりのデパート内蕎麦屋で天ざるを食した。数箸、口に運んだだけで喉に痞えて、トイレに駆け込んだ。長い間、トイレを占拠して、他のお客さんに迷惑を掛けていた。寿司屋では2個の握りでアウト。食べた量は僅かなのに、それ以上を吐き出す感。痩せているのも仕方ない。

これのクライマックスは、麻雀仲間たちとの忘年会で逆瀬川の小料理店で食事したときである。小鉢・刺身二枚・白子を食べたところで詰まる。逆瀬川の土手に出て吐く。すっきりしたら、また別の一皿に口を出す。少量であっても、紛うことなくまた喉に痞え、続いて吐き出す。血が混じっていたのには驚いた。逆瀬川が汚れるのではないかと思うくらいこれを繰り返した。

どんな食べ物でも痞えるが、とりわけ蕎麦・素麺・ラーメンなどの細麺はよく詰まる。同じ麺類でもうどんには気遣いはない。不思議な事象。手術後の食事の新ルールは、先にも触れたとおり、少しずつ口に入れてしっかり噛んでゆっくり飲み込むこと、「少量・徐食」になっていたのだが、悲しいかな生来の卑しい食べ方「大量・急速」の習慣がついつい出てしまって苦しんでいる。〝あほかいな〟、学習能力が劣っているようで、未だに修正できないで週数回は苦しんでいる。そして「少量・徐食」ルールは、店の回転率を引き下げる、店に迷惑を掛ける懸念があって、外食を控えざるを得ない状況に追い込まれている。

このように手術後は、何か知らない「後片付け隊」様のものが全消化器に集ってきて、意地悪されている印象であった。癌をやっつけてやったのだからこれくらいは我慢のうち、正常化への道のりと考え、耐えた。その代償は、あばら骨が表面に浮き出し、腹部はオーバーハング状に凹む。以前の「健康美」は見事に壊され、貧弱な身体に変形した。医師の見立ては「想定内」、安心はしても醜くなった身体が恨めしい。

体重減を加速させたのは、繰り返される下痢と喉痞えだった。ちょっと食べ過ぎたかと感じたら、違うことなく、下から排出の憂き目にあう。ちょっと急いで食べたら、まず間違いなく口から排出する。インプットが思うようにいかないから、その必然として体重が落ちる。これに加えて体力まで奪う下痢がある、これはしたたかである。食べ過ぎを決して見逃すことなくやってくる。予測ができるほどの正確さである。酷い場合は「水便」になる。

夏、好きなカキ氷を口にするようになると、週の内、数日は下痢をしていた。止せばいいのにと思うが、あの清涼感と甘さ欲しさについ手が出てしまう。一時的欲望の発露、「美味しいものはその副作用を超えて猶余りある」との教訓?を学んだ。下痢覚悟でやる、阿呆の仕業に他ならないのだが、私にとっては「元気」を誘う機会なのだ。患部は胃なのに、その切除手術は胃の下側にある臓器の働きにも影響を与えるようだ。下痢の頻度に対して便秘は比較的少ない。

苦しめられた手術後の主な後遺症は、以下の通りである。5年後生きている可能性95％の代償か利息か、それを思えば耐えられる。

○**ダンピング症候群**：胃の手術には付きものの症状だそうだ。私の場合は食事を終えて暫くすると身体が怠くなってくる。とりわけ朝食後によく起こる。少々の怠さであれば、挑戦的に野外に散歩に出て解消に努める、これは意外と効果的である。酷い場合はソファに座ることもままならず布団に横になる。ひと眠りすれば解消する。
噴門部手術の場合は、これとは別に逆流性食道炎も起こすが、逆流防止弁を施術してもらったのでこの症状の発生だけは免れた。その代わりなのか、喉痞えに悩まされていることは先述のとおりである。
○**腹痛**：このような食欲不振と下痢と倦怠感などに混じって、差し込む腹痛が起こる。瞬間だが頻発するから性質が悪い。突き上げる痛みはじんわりした痛みに変わり、これはしばらく続く。腹を切っているのだから仕方ないかと思うが堪えられない時がある。体勢を変えても痛みは続く。口中の渇きも無視できないくらいになってきた。唾液は粘り気を持ってきた。特別診察を受ける。レントゲン写真では問題は無し。白血球とCRPに異常値を認めるが、これら炎症の原因は掴めなかった。腹痛と下痢が重なると食欲は皆無の状態に陥る。腹痛は術後1年くらいで治まった。この頃の体重は52kg台。
○**めまい**：いろいろ障害が起こる。癌とは関係ないと思うが、若い頃から悩まされていた、めまいが1カ月以上続く。これまで効果的だった薬が効かなくなった。見放されたか不安になる。かかりつけの耳鼻咽喉科を訪ねる。ここに来ただけでめまいが和らぐ。医師曰く。

「何か困りごとがあるんじゃないですか」

病因らしきものは判らず、気持ちの揺らぎに辿り着いたようだ。精神的異常が、めまいに繋がることもあるようだ。だったら猶の事、少々のことには、ぐずぐず言わず元気出して動かねばと考えを新たにした。

「溺れる者は藁をもつかむ」、神や仏を信じたことがないのに、この期に及んで、恥ずかしながら、神仏に頼る詩を作っている。


〈明日への願い〉

癌が胃に侵入していた。

最初の手術がダメだった。

死線を跨いで過酷な痛みと戦い、耐えた。

2回目の切除手術に挑んだ。

有能な医師に恵まれた。

家族や友人の熱い応援もあった。
こうして命が繋がった。
ちっぽけな命だけど、もう少しだけ生きたい。
癌は死を思わせる。
この世に神や仏がいるならば、癌に伝えて欲しい。
〝もういい加減にしておけ〟と。

●生きてるからこそ……

ダンピング症候群として知られる脱力感や倦怠感で動きが鈍る。しんどいからといって寝てしまったらそれまで、寝たきりにならなくても、身体が堕落するリスクを思い、気怠さと有象無象の不快症状を堪えて、可能な限り外出した。目標7000歩を歩く努力を続けた。所々で休憩しながら、スマートフォンの歩行計に励まされて歩いた。平生・普段の暮らしを不断に求める最小限の努力であった。

外出できない雨の日はどうするか。ごろごろ昼寝に陥りやすいので、書き物をしに国立国会図書館や奈良県立図書情報館に出掛ける。そこで懸賞論文やエッセーを書く。多くは徒労に終わる。悲しいけど、文才はないようだ。元気な頃から書き掛けていた蘇我氏、飛鳥の史跡、そして自分史などに手を入れる。文才もないのに欲張り過ぎ、期限がないので緊張感に欠ける。しかも遅筆とくれば、なかなか先には進まない。「でもやることがある」、それらを「仕上げる目標」がある。私にとって重要な生きる動機付けになっている。余命もだいぶはっきりしてきた。緊張も出てきた。一つはものにして、満足して死を迎えたいと思っている。

娘婿がくも膜下出血で緊急入院した。自分の体調不全は、続いていたが、死を廻る重篤な病気、看病と長女の支援の為、直ぐに東京・町田に行き、暫時逗留した。町田と入院先の昭和大学附属病院（豊洲）を行き来する。症状が落ち着いたのを機に自宅に帰る。手術後、間もない頃の出来事だったが、患者に比べれば「健常者」、病院内では何もできることもないのに、毎日、集中治療室に入り、無事な恢復を願いながら、成り行きを見守っていた。自身の限りのある体力の困難を超えて、その場に緊張感があればあるほど、他者を助けたいという気持ちが揺すぶられて、具体的な行動を引き出す。
彼が死を免れ、ほぼ完全に治癒できたことで、私自身も何かしら「達成感」らしきものをもった。娘にとっては、傍にいてくれる父がいかなる存在だったか聞いてはいないが、幾らかでも役に立ったものと自負している。自らも病気を抱える弱点があっても、時として不意の出来事に遭遇し、人様の役に立つことがある。その行為自体が、自分にやれることがある、また余力が残されていることに気づき、自信にもなった。人様の苦難に関わることで、幾ばくかの自分の存在感を感じ取れる、生きる動機に灯がともる。

(4) ドツボに墜ちた：癌の転移（2019年1月：癌罹患・手術後2年半）

●「ステージ4」

腹腔鏡による2度目の手術を受けて、リンパ節にあった癌細胞も含め完全切除された。これで「完治」のはずだった。主治医から確かな手形を受け取っていた。幾らかの後遺症や不快症状と付き合いながら、普段の生活ができるようになっていた。「死」も忘れかけていた。

ところがどうだろう、そこから2年半後に行った造影CT検査で、右肺に2カ所の転移が見つかった。これとは別に左の肺には、原発性の、未だ形を成さない小さな癌が散発していた。こちらの方は、幸いに5年間の経過観察だけですむ軽微なものだった。

〈頸胸腹骨盤造影CT検査　所見〉
○右肺S9の結節影2カ所に転移疑い。「多発転移」
○左肺S1＋2に8㎜大の淡い結節影あり、炎症変化の可能性もある。要フォロー
○胃部切除後、明らかな局所再発を示唆する所見は認めない

「無くなっていた」はずの癌が、居場所を移して蘇っていた。一気にステージ4に降級された。ステージ4の先にはステージ5はない。だから、ここは最終局面の癌ということになる。癌はしぶとく生き延びて、肺で蔓延っていた。絶対他者、人の命を獲るまで生きる、その飽くなき執念には、「ご苦労さん」と「どうぞご随意に」という投げやりの言葉しかなかった。「脱帽です！」の言葉以外にない。

手術後の後遺症と付き合いながら、日常を明るくと暢気なことを言っていた私は、癌に身体を提供し、性質の悪い、進化した癌を育んでいた。よほどのお人よしなのか、阿呆なのか。馬鹿なのか。

「完治」という手術後の判断は甘かったわけだ。「5年後生存率95％」は空手形になってしまった。僅かな5％に入ってしまった。やはり勝負には弱かった。手形を落とせずに不渡りにしてしまった。悔しい限りだ。実業の世界では、この状態を倒産と呼ぶ。再建は不

可能ではないが、癌の世界では、即ち、死を意味する深刻な状況、惨状に陥ったということに他ならない。相当な困難を伴う状況である。癌の転移や再発もこれに準ずるものと考える。

関与した医師たちは、

「癌が肺に転移している」

「もう手術はできない、放射線治療も無理、残された選択肢は抗癌剤治療しかない」

と宣う。要するに、ステージ1bだった胃癌は、ここで一気にステージ4（これは癌の再発、又は他の臓器に転移した場合の定義らしい）に降級し、一足飛びに悪化していることを明確に告げた。

癌は患者を油断させておいて、自分だけは怠ることなく、居場所を肺に移して生き延びていた。〃卑怯者〃と罵ったところで虚しいだけ。〃なんで、もう少し早く見つけられなかった？〃と言ったところで、詮無いこと、泣き言、自分が惨めになるだけ。

●余命

ここまで来たら、患者にとっての最大・最終の関心事は、暫く忘れかけていた「死」が問題になる。いよいよ来るべきものが来たようだ。医師は余命については、自ら触れなかった。これを知らずに済ますのは、落ち着かない。向後の治療を含めて最期の生き方を考えなければならないのに、生きられる時間が判らないでは困る。きっと僅かな命だからこそ、なおさら大事なことになる。この診断に関与した2人の医師に聞いてみた。

前主治医の消化器外科医は、

「1年から1年半」

これからの抗癌剤治療の主治医になる腫瘍内科医は、

「このままいけば3カ月、長くてせいぜい半年」

とそれぞれ示唆した。

両者の見立てには1年の違いがあるけど。まあ、生きられる時間は、それほど長くないということである。腫瘍内科医の見立ては極端にしても、「死刑」執行時期の見込みがほぼついた。

「健常者」に復帰して、「楽しむ日常」に戻りつつあっただけに、衝撃は大きかった。悔しかった。辛かった。そして、凡人のお決まりの文句は、〝ええ、ほんまかいな〟、〝なんのこっちゃ、訳わからん〟、〝なんで俺をここまで追い込むんや〟、〝もう堪忍してくれや〟といったどうでもよい繰り言ばかりだった。自己嫌悪を感じつつ、やり場のない、大きな怒りと嘆きだった。

1年で何かできるか。ちょうどこの頃、中江兆民の『一年有半』を読んでいた。喉頭癌に罹った中江兆民は、医師から余命1年半を宣告された。残された日々を悔いのないものにしようと病床で筆をとり、不甲斐ない政治家批判、浄瑠璃名人への賛辞、文学評論などを著した。伴侶と食事を楽しんだ。有意義な時間を過ごしたことが記されている。

余命はごく短い時間だけど、即死ではない。ゼロではない。短時間とゼロとの違いは、無と有、絶対的に大きい。治療すれば、余命は延長の可能性がある。およそ1年が短いか長いかは、各人の認識の問題である。常識的には極限の短さであろう。しかし、「死に掛かっている」私にとっては、兆民ならずとも、何かができる、そしてまた、時間延長の望み、可能性を期待させるものであった。

こうして兆民に触発されて、落胆しかかっていた気持ちを立て直すことができた。涙はなかった。投げやりな気持ちになることもなかった。ドツボに墜ちたことは分かっていても、気持ちまでドツボに嵌まることはなかった。命を拾ったわけでもないのに、何故か、意外と冷めていた。普段のいい鷹揚さ、あきらめのよさ、淡白さなど、あまり好ましくない性格も作用したのだろう。

若い頃に冒した、おぞましい、無謀な生活習慣は、脳梗塞と初期胃癌に罹ったことで贖罪したはずだった。残念ながら、それだけでは済まされなかった。甘かった。絶対他者・

死刑執行者としての癌が、「こやつには究極刑が相当」と判断したのであろう。

この余命宣告を受け取った瞬間は、緊急の切迫事態における、恐らく人生最後の意思決定場面であろう。苦悩しながら、即時の判断を要する瞬間だった。自身の不遇を嘆いても、泣いてなんかいられない、塞ぎ込んでなんかいられない、まして過去を振り返ってもいられない。時間の無駄使いは許されない。まさに「時は命なり（Time is Life）」を意識する瞬間であった。

こうは強がってみても、やはり私も人の子、人様並みの感情をもっている。いささか多感になり、涙袋も膨らんでいた。病院で気丈夫に、冷静に振る舞えたのに、自宅に帰りついた途端に、嗚咽し、止め処なく涙を流した。残される妻を、家族を思えば涙を流し、当時、私同様に癌に苦しんでいる娘を思いやれば、慟哭を禁ずることはできなかった。テレビ電話に映る孫たちの顔を見ては声を震わせる。幾つになっても忘れることのできない故郷を瞼に浮かべては、また物思いに耽った。身内に限らず、テレビで感動的な場面を眼にすると目頭を熱くした。いかついオッサンが、いっぺんに優しくなった。「死」を控えれば人は変わるのだろう。

●涙ながらの後始末

我が身は医師に預けた。いつ命が絶たれるか判らない身ならば、つまらないお父さん、寝たきりの病人、いや「目障りな生ごみ」、「要らない家族の荷物」になりたくはない。そんな醜態は曝したくない。なんとしても避けたい。どうすればいいのか、答えは探せていないけど、入院前にやれることを片付けておこう。幸い、普段の「元気」は残っている。片付けておきたいことは二つ。

一つは身の周りの物理的な整理である。妻や家族に負担や迷惑を掛けないで済む。そしてもう一つが、人的な繋がりにも、片を付けておきたい。これはわざわざではなく、折を見て済ませればいい。

それなりに生きてきた証しを始末する。これは人生の最期に取り組む「一大事業」なのかもしれない。自分自身で後始末ができる。嬉しいことでもないが、最期の務めが果たせることに心は満たされた。さっそく取り掛かった。

手始めは、圧倒的に多くのスペースを占めていた書物類の処分だった。ビジネス関連の実務書、経営書、飛鳥や蘇我氏中心の古代歴史書、そして教養書や文芸書など多彩な書籍をインターネット・サイト上の古本屋で処分した。専門書は値が付いたが、一般書はタダ同然で処分された。少し悲しくなった。

僅かに思い入れの強かった西郷隆盛の関連図書と石川啄木全集そしてヴィクトル・ユーゴーの『レ・ミゼラブル』（岩波文庫）、一部ビジネス関連書などは手放しがたく書棚に残している。

また当時、飛鳥時代の史跡、蘇我氏についての学習成果を書物にしたいと思い立ち、原稿を書き溜めていた。しかし、癌に邪魔されて、時間切れ、続行不能と判断し、断念するに至った。閲読してくれる主を失った、膨大な飛鳥及び蘇我氏関連図書、史跡現場見学会や講演、図書館などで収集した史料類も、涙を呑んで始末した。4畳半一間の書斎で、独りこれらを段ボールに詰める時は、さすがにこみあげるものがあった。第二の故郷と思い、転居まで考えた明日香村（飛鳥）との別れ、飛鳥時代を始めた蘇我氏物語の未完結放棄、虚しさあり、無念さあり、悔しさ残り、喪失感は小さくなかった。時にパソコンの中のファイルを未練たらしく覗いている癌を病む老爺がいた。

書物以外では大した物はもっていなかった。モンブランの万年筆、研修や講義の時に携行していたセイコーの懐中時計、長年、机上を照らしてくれたアルテミデの電気スタンドなど愛着のある物、形見になりそうな物を残して、売れる物は売った。僅かばかりの小遣い銭を得た。

月に数回、2時間以上かけて明日香村との行き来に利用したロードバイク「GIAN

Ｔ」は、型番落ちで買い取ってもらえなかった。辛い思いで手放そうとした愛車は、孫娘が引き取ってくれることになって安堵した。

処分対象の最大のものは故郷の宅地１２０坪だった。過疎化が進む地方では「タダでも要らない」代物である。ところが、この土地（一部）を貸してほしいという携帯電話会社が現れた。アンテナを設置するとのこと、願ってもない要望だった。二つ返事で承諾した。

こうして処分に困っていた土地が、固定資産税に充当できる程度の「収入」を生むことになった。また先祖代々の墓の移設にも頭を悩ませていたが、これも田舎に住む実姉の申し入れで移譲に成功した。故郷に残されていた重かった二つの「荷物」がいずれもタイミングよく「拾う神」に使ってもらえることになった。「渡りに船」とばかりに先方の要望を受け入れて、処分問題は一件落着できた。

ただ一つ最も重たい遺言書の作成を残している。癌の死はゆっくりだから、急ぐことはないと甘い考えを持って延びのびにしている。もう一つの理由は、「遺言書を書いてしまえば死がやって来る」という恐怖である。戯れ言とは知りつつ、敢えてこんなことに挑むこともなかろうと未だ措いたままである。

人的な関係整理は、ことの序でに済ませた。

所属していたボランティア集団「飛鳥里山クラブ」の歴史サークルのメンバーには、例会を利用して、引退の気持ちを伝えた。奈良県桜井市の遺跡、卑弥呼所縁の「纒向遺跡」の案内をした。数カ所の遺跡を巡り、プログラム最後の遺跡「ホケノ山古墳」の説明を終えた。こんな場に立つのもこれで最後かとしみじみ思った。無念さがこみ上げてきて、三十数人の面前で、不覚にも涙ぐんでしまった。間を措いてガイドの締めに「私の史跡案内は、訳あってこれを以て最後にします。長い間、大変お世話になりました。飛鳥里山クラブが、歴史サークルがますます盛んになることを祈ります。ありがとうございました」のはずだったが、声は上ずり、喉は詰まり、まともな流れにならなかった。この異変に事情を知る人は「ありがとうございました。お疲れさまでした」の言葉を返してくれた。深々と頭を下げて、友人の車で現場を後にした。知見を交換し合った友と再び会えなくなる寂しさか、重篤な病を得た悔しさか、負の感情が、またも涙をあふれさせた。周囲には悲壮感はないとか意気軒昂とか、気丈夫さを装っていても、身体に背負っている末期癌は、異常に重たかった。心情はかき乱れていた。これで二つの後始末を終えた。

●延命の為の癌治療（2019年2月18日：癌罹患・手術後2年半）

２０１９年正月明け、齢76になった喜びも吹き飛んだ。遂に癌という名の死神様のお迎えだ。癌罹患後、この病院で３人目の主治医となる腫瘍内科医に妻と長男共々面談した。

医師は席に着くなり、

「胃癌が肺に転移している」

「手術もできない。放射線も不適合、抗癌剤治療しかない」そして、

「治療する目的は、『治癒』・治すことではなく『延命』である」

ことを切り出した。簡潔にして明瞭、国会における安物大臣の答弁の語り口だった。要するに、後戻りのできない、治ることはない段階にきている癌だということを明確にした。

主治医は続けて、

「最初に施療は、標準治療である。これは国内外の臨床試験結果をもとに、専門家の間で合意が得られている、現時点で最善の治療法、これまでの科学的治験に基づいて創られた、現在利用できる最高の治療である」

ことを語り、一般的な患者さんに行われることが推奨される治療であるという。標準だから適用範囲が広いのだろう。ところで「私の今の身体は、また症状は標準なのだろうか」と余計なことを思いながら、標準治療の優秀さを説く主治医の話を聞いた。標準治療がいたく気に入っている話しぶりだった。第一弾はオキサリプラチン（点滴薬）とゼローダ（錠剤）の組み合わせらしい。

「診察室に入って来るあなたの動きを見ていた。あなたなら（抗癌剤治療に）耐えられ

る」と判断したようだ。若く見てくれたのかな、と少しだけ嬉しくなったが、副作用の苛烈さに抵抗させる為のおべっかだったのかもしれない。

前記の抗癌剤の組み合わせを2週間やって1週休み、このセットを3クール続ける。これで効果がなかったら、次はこれとこれ、それが効かなかったらこれ、最終的には……。これは大学の薬学部の講義ではあるまいに、医師は諄々と投薬の順番を説く。患者に分かる話ではなく、まして意見があるわけでもない。退屈で、耳障りなだけだった。その抗癌剤がどのように効くのか、副作用にどのような痛みがあるのか、気を付けることはなにかなど、肝心な話はなかった。

この診察室に看護師とは思えない一人の女性が、最初から同席していた。案内によれば、製薬会社の社員、抗癌剤新薬の治験の勧奨の為のようだ。患者の属性はおろか、病名まで、本人の同意なしに他人に提供している、この病院、この医師は個人情報をどう扱っているんだろう、と疑問を持ったが、大した個人情報でもない、目くじら立てることもない。新薬の治験への期待をもってこれを受け入れたが、事前検査で被験者条件を満たさないということで治験を外された。余計なストレスを感じた。ドツボにはまり掛けている時の「落選」という結果は、些細なこととはいえ堪えた。ちょっと悄げた。

抗癌剤治療が始まった。２週間投薬、１週間休薬、これを1サイクルにして3回継続後、造影剤入りＣＴによって効果測定。次の投与薬を再考・選定する。手始めは直上「オキサリプラチン」（点滴薬：初日のみ）＋「ゼローダ」（錠剤：朝夕2回・1回5錠）の組み合わせになる。次段階、次々段階までの標準的な投薬プログラムは用意されているようだ。

吐き気止めの薬を飲んでから「オキサリプラチン」という白金入りの抗癌剤を2時間かけて点滴で注入する。血管に鋭いピリピリ感が走る。電流を流されているような痛みが走っている。看護師が痛みが和らぐとして熱いタオルを手に巻いてくれたが効果はない。終日、腕の痛みは続く。抗癌剤副作用の幕開けでもあった。

若い頃に冒した悪しき生活習慣の結末であった。切羽詰まった時に起きる、お決まりの繰り言、〝なんちゅうこっちゃ〟、〝なんで俺やねん〟〝なんで俺ばかりが追い込まれるねん〟というやり場のない怒りと自己嫌悪だった。このやるせなさが繰り返される。まあ、気持ちがグニャグニャにとろけることはなかったことが救いだった。

そう死の緊張感は少なからず付きまとったけど、何故か意外と冷めていた。この余命宣告の時、末期の新たな覚悟を決めた瞬間以降は、諦めのよさで、〝なったもんしようがない〟、〝なんとかなるやろ〟の緩い気持ち、いい加減さというか、あいまいな態度になっていた。

とはいっても私も人の子、こと人に対する気遣いは、人並み以上にできる。だから、残される妻や家族を思えば、家庭の平和を壊すことは忍びない。申し訳なさを思い、更に癌に苦しむ次女を思いやるときに胸が張り裂けそうになった。テレビ電話に映る孫たちの顔を見ては声を震わせる。

パソコンとタブレットとスマートフォンなどの機器には、待ち受け画面に故郷の山「開聞岳」の写真を貼り付けている。幾つになっても忘れることのできない故郷の山だ。歳を重ね、病を得てから、故郷への思いも募る。毎年帰郷していた。帰郷はコロナでダメになってしまった。

何となく、テレビで感動的な場面を見ても目頭を熱くするようになっている。妻に気づかれないように、話を別に振っている。気弱になったのか、いや優しくなったのか、よく分からない。両方なんだろうと自分なりには納得している。


〈不治の病〉


それは快気祝いが出来ない病のこと。

それはお世話になった人に、お返しが出来ずに、不義理のままに命を閉じること。

それは励ましを貰った方々に、申し訳ない気持ちを抱えたままに死ぬこと。

死ぬのはさほど怖くない。

でも、果たすべきことが果たせないことは悔しい。

そんな悔しさを積み残したまま、命は早々に尽きる。嗚呼。

●早期退院勧告

抗癌剤はいきなり酷い虐めを始めた。それは想像を超えていた。例えば手を水に浸けると激痛が走る。例えば吐き気が強く、食欲を奪う。例えば怠さでベッドに座ることさえ許されない。副作用群は私の身体を支配し、自由を拘束し、そして長く居座った。体内に残る僅かな生気は削ぎ取られていく。不快な抗癌剤の副作用の連鎖は続く。食事に出されたサラダくらいは、あっさりしているから食べられるかと思い、口に運んだ。途端に唇は痺れ、顎の両端に激痛が走る。〝だめだこりゃ〟。

曲がりなりにも食事を終えて、談話室でパソコンを叩いていたら、主治医からの呼び出しがあった。何事かと思いながら指定された場所で待つ。主治医が笑顔で入って来る。暫し、病状に関する簡単なやりとりをしてから、医師は思いがけない言葉を吐き出してきた。

「入院待ちの患者さんが列を成している。退院を早めてほしい」

退院の前倒しを勧告してきた。〝はあ?〟予想だにしなかった人間からの攻撃だった。

その理由はベッドの回転率を上げる為だという。副作用が複合的に出始めた最中に、倦怠感で歩くことも苦痛になっている最中に、退院を強制する。抗癌剤が毒薬なら、こいつは悪魔か。この主治医は患者の心身の痛みを分かっていないようだ。病院の都合を優先しようとしている。患者に対するホスピタリティをどこかに置き忘れてきたらしい。

これは病院自体の決まりなのか、この主治医の独り善がりな仕業なのか、ここは商業主義に堕した民間医療機関なのではないかとの疑問さえもった。看板には確か「××府立」となっていたはずだが……。

患者の症状とは裏腹に、早期退院という悪徳行為を迫る真の理由は、事務方にも聞いてみたが、結局、分からずじまいであった。即刻、荷物をまとめて退院の準備を整え、惨めな思いで午後病院を去る。翌日からは、倦怠感・吐き気・手足ジンジンと痙攣・口内炎の痛みなどに支配されている身体を電車で運ぶことになった。終日食欲なし。バナナと「カロリーメイト」で凌いでいく。〝こんちくしょう〟。

●代診医による投薬中断指示

診察日、主治医は海外出張とかで留守。代診の医師の診察を受ける。これ幸いと副作用に苦しんでいる実情を訴えた。代診医は私の弱り切った姿を見たのか、即座に、

「薬を飲むのを暫く止めましょう。このまま続けたら体力が失われる。元も子もなくなる」

と投薬中断を告げた。患者の苦しみを分かってもらえた。こうして1週間分の薬を残して投薬を中断する。主治医だったらこんな結論を出すだろうか。寒気が走る。「地獄に仏」とはこのことか？　主治医に対する嫌悪感が強くなった。付き合いたくない、忌避感も高じてきた。

身体の弱体化は、目に見えて進んでいる。何かが起こりそうな気がしたので、休薬期間を利用して、家族全員と会っておきたいと思い立ち、小旅行を企画した。熱海・初島のリゾートホテルに家族全員・11名が集まった。久しぶりの家族全員集合であった。

温泉に浸かり、ベランダで思いおもいに談笑し、新鮮な海の幸を嗜む。孫たちはフィールドアスレチックで思い切り遊び、序でに温泉プールで暴れて、叔父にこっぴどく叱られシュン、等々、みんなが非日常を楽しんだ。

「家族っていいね！」

癌で早世した次女のこの言葉こそが、かけがえのない家族の実体を物語っている。それぞれに悲喜こもごものドラマがある。それを共に喜び、また悲しみ、支え合い、励まし合って、生き合っていくことができるのが家族である。改めて確認した、苦境の中で心を躍らせた感慨深いビッグ・イベントになった。

●頑張った成果

投薬を2週間休んだ。身体は幾らか軽やかさが戻った。ということで、再び、主治医による抗癌剤治療の再開となった。お定まりの「オキサリプラチン」の点滴注射を手始めに「ゼローダ」の服薬。前回の点滴時に血管痛を和らげる為に必要なタオルを持参するように言われていたが失念した。看護師に詰められた。謝る。看護師は子供を諭すかのように上から目線で、

「気をつけなさい」

という。腹が立ったが、点滴で悪さをされる惧れを思って反撃は控えた。この病院の医療従事者たちは、その知名度の高さを笠に着ているのか、気位が高いようである。入院以降、私は一貫して我慢の姿勢を維持している。点滴の血管痛は尋常ではない。温まったタオルを注射部位に宛てがっても、看護師が目くじら立てて怒るほどの効き目はない。思い過ごしか、実態か。点滴室の看護師たちは、ため口が目立つ。患者に対する優越感を持っているようだ。「あなた、施される人、私、施してあげる人」という階層関係を作っているようだ。詰まらないことと思いつつも、病院の職員教育が気になる。

トラブル含みの抗癌剤治療効果を観るCT検査を受けた。苦労の多かった初期治療の効果測定である。

苦痛に耐えた結果は、「合格」の域に達した。顕著な効果ではないが、「小さく」なっていることを確認できた。頑張った甲斐があった。しんどかった、辛かった分の幾らかを回収できたようだ。抗癌剤はまさに功罪相半ば、いや未だ3：7でしんどさ優勢としておこう。

○診断：胃癌術後、多発肺転移
○所見：右肺S9の結節影2カ所は縮小、肺転移経過疑い
左肺S1＋2に8㎜台の淡い結節影あり。前回と変化なし。炎症性変化の可能性。要追跡
○胃の部分切除後、明らかな局所再発を示唆する所見を認めない
○肝臓に小嚢胞あるが、転移を疑うSOLなし
○原発性肺癌は不変
○転移性肺癌は小さくなっている

右記の抗癌剤の「功」に免じて、引き続き投薬継続になった。怠さと下痢と胃痛は続くも、我慢の範囲、体力も戻ったと判断、今日からまた投薬を始めることにした。第４クールへ。投薬の継続か、中断か、無治療かの明解な答えは出せない。薬の効果を確認できたのだから、もう少し頑張ってみよう。

点滴をする左腕の痺れと痛みはいつものことながら堪らない。右手には痙攣があって不自由な動き、連動するかのように頭が重たくなる。「オキサリプラチン」がまた噛みついた。不規則睡眠、夜中に目が覚める。睡眠時間は5時間、いやな予感がした。

●抗癌剤との「決別」（2019年5月8日：抗癌剤開始後3カ月）

投薬再開から6日目にして、悪い予感は当たった。投薬によって苦痛と不快症状がてんこ盛り。コヤツが退けばアヤツがやって来る有り様だ。鼻腔に激しい痛み、常態化する疲れや倦怠感や脱力感、そして手足の痺れ、頭だけでなく足元も危うくするふらつき、深夜に襲う口内炎や空咳、止まらない下痢、不眠、頻尿等々、体力の消耗は著しく、眠る以外に打つ手はない。ひたすら眠ることしかできない状態になった。

治らない病気に、なんでこんな残酷な治療が必要なのか？　主治医に聞いた。

「ここまでやらなければ延命効果がないから」

まさに教条主義者の答えだった。もうここには用事はなさそうだ。抗癌剤投与の選択は自分で決めたこと、辛いことがあっても、偶にもたらされる体調のいい普段・平生の暮らしを楽しみにして、薬を続けてきた。勿論、医者のいう延命を恃んでのことでもあった。

しかし、この甘い期待は、未完成品の抗癌剤の副作用によって砕かれた。身体を壊された。それは体力消耗だけでなく、生きる気力なども奪いかねない、遂には死に連れて行くような連鎖的攻撃を仕掛けてきた。


他方、最初の接点時からいけ好かない主治医によって心をも潰された。もういいか。いささか気持ちも萎えた。強気を保てなくなってきた。寝たきりになりそうな懸念がつきまとう。これでは娘たちが望んでいた「お父さんらしく」という生き様を見せることは困難になる。ここらが切り上げどきか、と判断した。自死の選択もあるが、その勇気はなかった。

生きる可能性は、限りなくゼロに近いけど、ゼロではない。僅かな隙間を「お父さんらしく生きる」姿で埋めようと決意した。それは普段・平生に生きること。生きている間は、「楽しく・愉快に・活発に」の三つ揃いを旨として活動すること。そして苦しみながら死なないこと、などを勝手に頭に描いていた。

癌の転移を契機に抗癌剤治療を始めた。癌で傷んでいる身体に追い打ちを掛けるかのような、完治の見込みのない、ただ延命のための投薬だった。薬がもたらす惨い副作用は、憎い相手に対する虐待に似て、生きる意欲ばかりか、僅かに残されている体力をも殺いでいった。癌で死ぬのではなく薬の副作用で死ぬのではないかと思ったものだ。こうなれば本末転倒、どうせ短い命なら苦しんで死ぬよりも、ちょっとだけでも「楽」して死にたい。「お父さんらしく生きて」という娘たちの要望に応えたい。このことは普通の病人が、抵抗なく辿られる結論だった。

抗癌剤、とても人生最期の体力では、耐えられないことを悟らされた。心が折れそうな状況であった。無防備な患者を抗癌剤が一方的に攻めまくる、まさに「絶対他者の手先」の暴走している感である。

敢えて、患者の受け取るものは、不確実な、僅かばかりの癌細胞の減少傾向であった。本人も家族も、「お父さんらしく」ない惨状を憂え、抗癌剤に殺される恐怖を覚えた。患者は負け戦の主人公でしかない。他方で、主治医は患者に寄り添うことのない、抗癌剤・絶対他者の代行者にしか見えなかった。

負け犬になってもいい。悪あがきかもしれない、邪な考えかもしれない。けれども、このままを続けたくない。抗癌剤治療を見直し、これからを苦しまずに、少しでも楽して＝楽しみながら生きることにしたい。生き様を変えることを思い立った。そして……。

こうして抗癌剤治療の1回目実験は、薬と医師の両面で無残な答えをみた。私は明確に意思決定を誤ったようだ。抗癌剤治療には消極的姿勢を見せていた家族だったが、この失敗を詰める者はいなかった。〝ごめんなさい〟そして〝ありがとう〟の言葉を胸に秘めて、自己批判した。

(5) 平生・普段を求めて減薬治療へ転換（2019年5月：抗癌剤開始4カ月後）

●退院（2019年5月16日）

癌の摘出手術と抗癌剤治療で「世話」になった××市の癌専門病院を離れた。一定の治療効果を認めつつ、惨たらしい副作用に対する抵抗、主治医との折り合いの悪さなどが、その理由である。主治医に転院の意向を伝え、「診断書」と「紹介状」を作成してもらった。主治医の残した言葉は、ただ一言、

「転院するなら腫瘍内科医のいる病院じゃないとダメだよ」

参考にすべき送別の言葉だった。最後にありがとう。もっと早く、こんな関係でいた

かった。

「私（患者）の前にあなた（医者）はいなかった。あなたの前にいたのは、唯一、抗癌剤だった」

私の離別の心情である。

●転院（2019年5月31日）

この時、既に転院先は決めていた。最初に接点を持って、「あなたの手術は、実績のある大阪の癌専門病院がベター」と判断して、そこを紹介してくれた奈良の公立病院だった。この病院を再訪し、受け入れ意向を確認した。そして「出戻り患者」を許容してもらった。

6月中旬、前回、世話になった医師に面談し、これまでの治療内容と自身の闘病の経過を語り、これからの治療に関して、私が好ましいと考えていること、これからの治療の有り様についてお願いした。

その内容は、治療100％又は抗癌剤ありきではなく、「優しい治療」であった。可能な限り、「普段又は平生」の生活を楽しみながら、延命の治療を施してほしい、ということであった。

医師はこのことを好意的に受け止め、治療方針について語った。

「酷くなっている抗癌剤の副作用を抑える為に、投薬量を減らしましょう」

「投薬をすべて止めることはリスクが大きいので、投薬量と癌の進行状況及び体調の変化を観察しながら、最適解を探すことにしよう」

「取り敢えずは、オキサリプラチンの点滴を止め、飲み薬ゼローダのみで行くことにする」

だった。体調回復の為、3カ月間の休薬も指示された。拷問が解かれたみたいだった。

●娘の教え

転院の騒ぎの最中に、次女が44歳の若さでこの世を去った。乳癌だった。癌が分かった時には、既に背骨まで転移が進んだ末期の全身癌だった。手術ができる状態ではなかった。この時、娘は中学2年生を頭に幼稚園児まで4人の子供を抱えた母親だった。短時日の余命宣告を遥かに超えて、罹患後5年の歳月を生きた。

この「長生き」を果たせた要因は、娘の「子供の為に生きなければならない」という強い覚悟また親としての強い使命感だったと考えている。娘はこの間に、子供たちに水回りを含む室内清掃、食器洗浄と片付け、洗濯と乾燥後の折り畳みと所定場所への収納など家事の技術を教え込み、母が居なくなっても困らないように自立させた。

また癌の痛みを堪えて、息子たちの所属する少年野球の世話役を引き受けていた。練習時にも球場に行き、甲斐がいしく立ち回っていた。試合のある日は、その遠近にかかわらず応援に出向き、人一倍の大声を出して子供を励ましていた。罹患していることを知る親が、驚くやら呆れるやらの動きを見せていた。これらのことが娘の生きる動機だったのであろう。この生き様に刺激を受けた。私が外での行動を大事にするようになったのは娘の教えに他ならない。

そして、上2人の子供が進級して、チームを離れた時、軌を一にして、元気をなくしていった。元気でいなければならない理由や動機が薄らいだ。生きる張り合いを失った。そして病に身を預けたのだろう。

私は娘が死の床に就いたとき、心の中で我が子ながら大したものだと褒めてやった。そして「父の方が先だと思っていたのに、お前に越されてしまった。せっかくだから、父はもう少し生きる。むずかしいだろうけど、お前の分まで生きる気概をもって暮らすつもりだ。応援してくれ」思いの丈を綴った手紙を柩に納めた。

いまは毎朝、娘の遺影を飾る仏壇の前に座り、ろうそくを灯し、線香を手向けながら、季節の移ろい、家族のこと、体調のこと、昨日・今日の出来事など、何かしら話しかけて心を穏やかに保っている。

この夏（2023年7月）、娘の長男が高校野球のレギュラーに選ばれた。試合日には私、妻と娘（遺影）の3人で応援を送った。

末期癌だからといって、諦めることはない。ある生きる目標、生きなければならない強い願望や理由を持つならば、治ることはなくても、幾らかの延命は可能になるということを娘が実証した。これを目の当たりにして心が励まされた。

家族が一人減った。その辛さを和らげる為に残された親子4人で私の故郷・鹿児島の旅に出た。生きている間にもう一度登りたかった開聞岳（薩摩富士・標高924m）登山を願い出て、皆で挑んだ。体力の低下は覆うべくもなく、望みの大きさとは裏腹に、僅か3合目地点でダウン、涙ながらに下山した。妻と子供たちは5合目まで登って下山してきた。満願とはいかなかったけど故郷の山の空気、土、樹木に浸ることができた。それだけでも満足だった。嬉しかった。下山後、村が経営する「そうめん流し」に行く。そうめんもまいが、清涼な空気と湧き出る冷水が嬉しい。その名を唐船峡という。序でに霧島まで足を延ばし、さまざまな種類の温泉に浸かった。ごうごうと流れ落ちる滝も数カ所巡った。次女の号泣を聴いた気がする。

●「減薬療法」実験開始（2019年7月8日）

ゼローダ1日8錠×2週間投薬・1週間の休薬というサイクルで投薬を再開した。従前より、点滴をカットした。飲み薬も2割減の思い切った減量態勢に変えた。そう、やってみなければ分からない。「官製」の標準治療を外した、大胆に投薬量を減らした治療法、新たな実験が始まった。

強かな抗癌剤は、減量したからといって大人しくなるわけではなさそうだ。ちょっとした外出でも、著しい疲労感と怠さが襲う。頼んでもいないのにめまい、息苦しさも連れてやって来る。この状況は断続的に起こり、数日間続く。

寝たきりになるのは嫌だから、これを押してできるだけ外出することにしている。横になることは寝たきりの恐怖があって避けている。癌との関わりがあるのか、手足の痺れが酷い。堪らず神経内科の医師に頼んでＮＣＶ（神経伝導検査）を受けた。残念ながら痺れの原因は判らなかった。抗癌剤の副作用ということに落ち着いた。それを補強するかのように、足の爪の変形が始まった。醜い形に変形を始めた。掌も赤くなってくる。足裏にも同じ兆候が見えた。減らされた抗癌剤の恨み辛みの表れかと思えるくらいに手足が壊れていった。

掌のひび割れが酷くなる。右手人差し指第1と第2関節、先端にも縦横にひびが入り指紋消滅の様相。親指付け根は水虫様に皮が剝ける。左手の人差し指・中指第1と第2関節、親指付け根またマスカケ線上、そして足裏は全体として赤みを帯び腫れている。そこに黒っぽいしみが点在する。手足のしわが深くなってきた。とりわけ手の指の縦しわが気持ち悪いくらいに深くなった。関節部が水虫様に皮が剝け広がってきた。声のカスレも進行する。

〝大丈夫や、直にようなる〟そう己を励ます老人がいた。

●「完成された病人」

夏にゼローダを減らす実験を始めてから最初の造影CT検査・効果測定を行った。検査結果が出た。薬の量を減らしても、投薬中へこたれそうになったこともあったが、持ち前の辛抱強さで飲み続けた。その見返りは、良くもなっていないけど、悪くもなっていない「病変なし」だった。再発も転移もなし、原発性肺癌の進行も認めず。「減薬効果は未だし」というところだった。

主治医がパソコン画像を見せてくれるが、素人にはよく分からない。〝はあはあ〟と頷くだけだった。そんなに早く結果が変わるとは思っていなくても、期待外れの感を持つ、勝手な癌患者だった。

10月初旬、頭が重く、疲れもあって、10時・13時半・15時などと午睡の連鎖が起こった。この1週間、毎日、朝寝・昼寝・また夕寝かそれらのすべてか、布団の上に横たわってい た。元々病人に違いないけど、ここに至っては、遂に家族の「父親らしく生きて」という切なる願望をあっさり砕いてしまう惨状だった。私自身が最も恐れていた、「寝たきり病人」になってしまった。

昨日も、今日もまた、朝からめまいと頭痛に負けて、起きているのが辛くて、あえなく終日ダウン。「完成されつつある病人」になってしまった。このまま逝ってしまうのではないかと弱気の虫が湧く。病人にはいろんな病気が付いてまわる。そして病人としての完成度を引き上げていく。

いま掌が壊れていく。赤く変色している。幾らか腫れも見られる。縦しわが深くなる。関節部を中心にひび割れが出る。爪の三日月が消えていく、代わりに皮膚が被ってくる。足の痺れも相変わらずだ。何かに集中する時は痺れを忘れているが、普段の時は酷くジンジン、とりわけ右足の親指が酷い。痛みに変わらないだけ助かっている。

胃を切っている為か、胃が食事量を制限してくる。幼稚園児くらいの食事量に止まっている。苦を伴うことはないが、体重50kg少し、次第に貧弱な身体に改造されていく。量を減らしたとはいえ、抗癌剤は飲み続けている。その蓄積量は増え続けるだけ。手足の異常、とりわけ足の痺れは死ぬまで消えることはないのであろう。

こうして、原病に、現病を「治す」薬剤の副作用という病気が付加されて、複合的に「完成された病人」が出来上がっていくのだろうか。

●元気を「外」と「友」で購う

苦境が和らいできた頃、〝くたばるな！　耐えろ！　元一〟と自らに呼びかけた。体力は衰えているが、気力は残っていた。こんな自らの励ましの言葉が利いたわけではなかろうが、身体も幾らか持ち直してきた。いまこそ外に出よう。外出好きの習性を取り返した。

大した用事はなかったが、久しぶりに顧問先に出て、若い社員たちと会話した。帰り際、社長に宿題を貰った。期限付きで答えを出すことを約束して帰った。やることがあれば、元気が出るというものだ。勢いというのは怖い。よせばいいのに開催中の園田競馬に遊んで帰宅した。「完成された病人」になる過程で、十分すぎるほど眠ったせいか怠さが抜けている。身体は軽い。顧問先に出る日も増えた。若い社員からは、

「研修時の張りのある声と変わりないですよ」

「調子よさそうに見えます」

「外出できるくらいに、不自由なく動ける状態が、いつまでも続いたらいいですね」

などと声が掛かる。嬉しい。「元気をもらう」というのはこういうことか。そうでありたいと願いを強くして、会社を後にした。

体調のいい時の外出は勿論、少々の怠さがあるときも、これを堪えて、敢えて外に出て、可能なら人に会い、会話する。こんな努力をしている。

良好な体調は、旧友たちとの麻雀にも誘う。日曜日の午後から、難波の雀荘で、〝チー・ポン・ロン〟とはしゃぎ、お互いの無事を確かめながら楽しむ。テレビの競馬中継の始まる15時からは、近くの場外馬券売り場で買ってきた馬券を握り締めて、〝行けぇ・そのまま〟、〝叩け・差せぇ〟とテレビに向かって大声で叫んでいる。麻雀も競馬も、勝負そのものにはこだわらない。気の置けない5人のレギュラーメンバーが集まって語らう。元気を再生産する格好の場として機能する。この場が長く続きますように。そして、ここには、必ず私自身も残っていることを願いながら散会している。

共に汗しながら国営公園の整備に励む、気の合うボランティア仲間が数人いる。皆さんとは65歳を過ぎてから付き合いを始めた友人たちである。彼らが私を励ます食事会を開いてくれた。大和西大寺に集合して、食事前に秋篠寺を訪れた。この寺は奈良時代後期、平城京西北の地・秋篠に建てられた由緒正しい寺である。静かな佇まいの本堂に置かれた伎芸天を観た。仏像らしからぬすらっとした長躯の美しさ、優しい微笑み、仏像美を理解できない者でも心が動く。信仰心を持たないくせに、この仏像を観て、厚かましくも癌を癒やしてくれそうな思いを抱いてしまう。

拝観後、近くのデパートにある魚の干物専門店で食卓を囲んだ。酒を交わし、珍しい干物を口に入れながら、好き勝手に秋篠寺の仏像を語り、世情を分析し、勿論私の病状についてのやり取りもする。声はしわがれているが、末期癌を感じさせない（らしい）私の姿に皆さんは安心する。

なんでも打ち明けられる友人・知人たちには、思い切り心を開いている。友は元気の源を活性化させる触媒になってくれる。このことを確信する。友に感謝！　今日はいい日だった。

癌を患って、働けなくなってから足が遠のいているボランティア集団・飛鳥里山クラブの「秋の遊び広場」というイベントを覗いた。日頃、何くれとなく気遣いを貰っている懇意のボランティア仲間に会い、語らった。こんな時には言葉の挨拶だけではなく、自然に手が出る、握手だ。久しぶりに会えることに感動、感謝。曲がりなりにも生きている姿を見てもらえる喜びと安堵の交感である。友っていいもんだ。

「顔色がいい」

「元気な頃と変わらない」

「俺の元気、分けたろうか」

と言ってくれる。同期生が駆けつけてきて、

「体調がよかったら同期会の例会に顔だけでも見せてやって、みんな心配しているから」

と励まされる。またボランティアを統括する飛鳥歴史公園管理センター長は、

「飛鳥に来られた折には事務所にお茶でも飲みに来てください」

との言葉を掛けてくれる。独り善がりかもしれないが、ここでも未だ存在感を失っていないようだ。〝復活したい〟との意欲を強くする。これだって、元気回復の源泉の一つだ。

とは思いつつも、老い先知れない末期癌患者であることに変わりはない。多くの仲間に会えた思い出を形に残そうと考え、鋸を手に取った。横たえられていた径15㎝ほどの丸太を1㎝厚に切ってみた。檜の匂いが新鮮だった。懐かしい匂いであった。鋸を引く手は、現役の頃と変わらない力強さがあった。捨てたものではないと自信を持った。切り取った檜の切片の表面に「太子君」と「飛鳥姫」の文字を焼き印して、飛鳥ボランティアの一人だった痕跡として持ち帰った。棺桶にはこの記念品と飛鳥里山クラブの会員証を入れてもらうつもりだ。

とまれ、飛鳥でせっかく元気づいたのに、なんで棺桶と繋ぐ。心の中に死がしっかりと植え付けられていることが悲しい。しょげかえって飛鳥路を後にした。

気分を晴らすために、その日の午後、京都競馬場で遊んだ。万馬券を手にした。妻に寿司の夕食をプレゼントした。2人ともよく食べた。妻に「俺、馬券師になったのかな」と宣う、それくらい最近の競馬は調子いい。体調がしっかりしてきた所為だろうか。「健全な精神は健全な身体に宿る」という格言は正しい、変な確信をする。

抗癌剤を減らす試みを始めてから、体調は跛行性をみせながら、徐々に好調の期間を引き延ばしている。転院を決意した時、期待した「平生・普段の暮らし」に対する願望は、まんざら満たせないことでもなさそうだ。

体調を睨みながら、漸次、薬を減らしていった。都度、身体は軽快になり、直上のような場面を多く持てるようになった。普段が戻ってきた感を持った。

嬉しいことに、転移の癌巣も壊れつつあるという。気まぐれに、主治医に余命を聞いてみた。

「そんなことは考えたこともない」

だった。家族共々、快哉を叫んだことは言うまでもない。

抗癌剤を減らし、「ほど善く生きる」暮らし方に舵を切った。この新しい実験が功を奏したものと固く信じている。「死刑執行」はもう少し先に延びそうだ。

年末、ボランティア仲間に送った手紙には、次のように綴られている。

〈ボランティア仲間に送った感謝の手紙〉

年の瀬、お変わりなくご活躍のことと存じます。
今年も亦里山活動に不参加、「任務放棄」の誹りを受けるべきところ、
逆にご心配とお心遣いを戴くばかりでした。
申し訳ありませんでした。皆さまのご厚意に感謝を申し上げます。
この正月明け、胃癌の転移が見つかり、余命は僅少、完治不可、
延命治療あるのみを告げられました。
それから1年が過ぎます。
途中、医師主導・治療優先を主張する病院（医師）と決別して、
患者のＱＯＬに配慮する病院に転院し、投薬の負荷を引き下げた治療に移りました。
その結果、
健常者並みとはいきませんが、普段の暮らしを送れるようになりました。
爾来、「死」を意識しつつも悲壮感はなく、感謝の気持ちを強くして、
明るく、素直に、そして遊び・旅行・仕事・書き物など、行動的に暮らす日々を送っています。
他事ながらご安心ください。
向寒のみぎり、健やかにお過ごし下さいませ。

一言芳恩、年末のご挨拶旁々近況ご報告まで。

●普段に暮らす

ところで、私が追いかけている平生或いは普段とは何だろう。私は特定の何ごとかに気を遣わないで、毎日を平穏・無事に過ごすことと考えている。解決困難で深刻な悩み事、患（煩）い事などを抱える場合は、普段とは言わない。だから、普段に暮らせる場合は、多くの人にとっては、平穏であり、そこそこの無事で過ごせる幸せ感をもてる日常であろう。

この年の暮れの頃の日記を覗いてみた。病人の影を見ることはできない。まさに普段を生きる健常者みたいである。

例えば、初孫の要望で飛鳥に行く。石舞台の芝生にシートを敷いて、移動の途中で買った柿葉寿司を食べる。美味。そこから高松塚古墳に移動、壁画館で学芸員の説明を聴く。私自身、歴史ガイドをしていたので、先刻、承知している話であったが、現役時代の私の説明よりも精度が高かった。さすがにプロフェッショナルの実力、話の深さに感心する。

古墳脇の草むらに寝っ転がって青い空を眺めた。こんなのんびりと転がったのはいつのことだろう。安らぎと幸せを味わう。生きている実感がひしひしと心に染みわたる。帰りに回転寿司で夕食。妻と孫の見事な食べっぷりに感服。自分にはこんな状態が再び返ってくるのだろうか。頑張るぞ！　復活するぞ！　力む癌患者がいた。普段の光景、例えば……こんなことである。
○息子が九州からの出張帰りに立ち寄ってくれた。孫が自動車免許取得後、一度も運転経験がないという事情もあって、彼女の運転練習を兼ねて、癌患者の為に、三重県伊賀上野近くの温泉に行くことになった。助手席に座る息子の指導を受けながらの孫の初運転、同乗者は生きた心地はしなかったが、無事に目的地に着いた。「大したもんだ」と褒めてやった。
湯あたりしないように早めに切り上げる。温泉成分の効能よりも、大きな湯船に伸びのび浸かる、この「広さの効能」が何より嬉しい。どこの温泉でもそうだが、癌患者の入浴を禁じている（効能表示の看板に表記している）。それでも、瞬時の利用だから構うもんかと思って、大きな湯船の魅力に憑りつかれている。
○風邪を引いた。昨日の宴席で、喉が痛み、咳と痰が出る。終日眠る。せっかくいい具合に体調を保っていたのに、油断があった。「風邪は万病の元」とかかりつけの医者に診てもらった。くわばらくわばら。妻が作った生姜湯なるものを飲んだら治った。

医師より妻が偉く見えた。
○ただの散歩の序でに、長弓寺に寄って帰る。本堂を眺め、ふーん、この建物が国宝か、と思うだけで、仏像を拝むことはしない。不覚にも、この信仰心のなさが、病気を誘うのかもと弱気が出る。そんなことはあるまい、と自分に言い聞かせる。病気になれば、どうしても弱気の虫が這い出してくる。
○手強い便秘になった。便意はあっても便は出ない。ただでは出ない。便秘薬を飲んでも解決しない。妻に浣腸をしてもらった。直ぐに問題解決。妻が「神の手」を持つ看護師に見えた。
○比叡山に登り、水木しげるのゲゲゲの鬼太郎と延暦寺のお化け展を観た。根本中堂は改修中、せっかく来たし、蕎麦を食って下山した。
○奈良県立図書情報館に行った。昼、館内のカフェに行き、カレーを注文した。この時、ご飯を減らしてと頼んだら「定量になっているからできません」と断られた。不快感を抱えつつ、みんな食べてしまった。
図書館の帰りにイタリアンに寄ってピザとスパゲッティを食べた。妻と半分ずつ、完食！　このところ食欲が出ている。食べる量も増えた。体重も53kgまでに増えた。
○顧問先に2日ほど出た。海外企業に出向中の社員が帰社してきたので、彼女の慰労を兼ねて、社長に同道して鰻屋に行った。自前では食べられない高価な鰻重を頼んだ。さすがに美味。外科の先生と栄養士にも注意されていた「がっつく」という卑しい食べ方になっていたのだろうか、鰻重半分くらい食べたあたりで喉痞えを起こしてしまった。手洗いに駆けこんで吐き出した。〝もったいない〟貧乏人の憐れを思った。
○調子のいい時に遊んでおこうとばかりに、妻の計らいで別府旅行に出掛けた。地獄めぐり、温泉場8カ所を訪ねた。それぞれ泉質が異なり、温泉に付随する出し物も鰐・蓮・明礬・坊主頭の湧出など多彩。どこの温泉場に行っても癌患者の入泉は禁止と温泉成分表に記されている。癒やしを求めて別府に来たのだから、入らない選択はないと強引に湯に浸かる。寛げる温泉、癌に悪いはずはない。悪いどころか、むしろ「長生き」できそうな気になった。
○湯布院へ、人の出が異常に多い。露天風呂に入るが、施設が粗末過ぎる。鍵のかからないロッカーに入れた現金やクレジットカードの入ったダイアリーが気がかりで落ち着いて浸かっていられない。
別府の帰りに小倉競馬場に寄る。他場分も入れて現在18連敗。我ながら呆れる。もう競馬は止めようと誓った。この誓いが当てにはならないことは、自分がよく分かっている。0時前に帰宅。疲れで簡単に寝付いたが寒さと頻尿でゆっくり眠れない。不規則睡眠のため起床8時過ぎていた。

翌々日も疲れが残る。出勤予定も改め休養に充てる。余程、競馬の18連敗が堪えたのだろう。
○朝方、瞬時だが身体の怠さも感じる。ちょっと怖くなってきた。昼から持ち直した。
○ボランティア仲間から電話をもらった。嬉しい便りだった。
「今日はボランティアの作業日だった。『竹山さん、どうなっている』との問い合わせが数人からあった。嘘か真か、特に女性陣が気にしているらしい。反省会での話題も竹山さんのことだった。『元気になってほしいなあ』、『治療は順調なのか』いろんな声があった」。復帰を待ってくれている。嬉しい。心強い。何とかしなければと切に思う。
○年末、ぎりぎりまで出社。個人情報保護システムの審査申請書を作成し、審査機関に提出した。懸案の荷を下ろせた。それにしてもよく頑張っている、80間近の末期癌患者の仕業とは思えない。現役に復帰しようか、あらぬ妄想をする。
○麻雀懇親会、焼き鳥屋で忘年会。子供の頃、鶏を絞め羽を剝ぐ場面がいたく頭に残っている。爾来、この歳まで、鶏は口にしていない。もも肉をしぶしぶ食う。違和感はなかった。周囲は良質のたんぱく源だからと勧めるが、今更ながら、身体にいいからという理由で、嗜好を変えることはない。
○手足の痺れやひび割れは昂進しているが、本体は依然として調子がいい。毎日のように外出する。食は限定的ながら、痩せすぎないようにできるだけ食べている。
足の痺れ緩和対策として温水足温器を購入した。仕様書通りに、就寝前43度の湯に足を1時間以上浸けていたら皮膚がボロボロになり、激しいかゆみに襲われた。その後鎮静化したので以降毎日続けた。痺れはやや緩くなった気はするが、納得するほどの効果を認めず三日坊主に終わった。無駄な投資を反省することしきり。身体に弱みを持つ人は無駄な金を使うのかな。
○癌に「効く」サプリメントをよく目にする。それら有効性や真偽を測る物差しはない。つまり、当たり外れが大きい。アメリカで特許を取っているとされるキノコ由来の、とんでもなく高価な「癌に効く」とするサプリメントに手を出した。紹介者の顔を立てて、数カ月続けてみた。しかし、癌は縮むどころか、金とサプリメント会社からの広告宣伝資料が膨らむばかりだった。馬鹿馬鹿しくなって、これの類似商品の飲用をすべて止めた。「人の弱みに付け込む」類の物品の購入は無駄遣いと心得るべし。『君子危うきに近寄らず』、どんなに派手な広告コピーで高い効果を謳いあげるサプリメントであっても、健康保険が使える範囲の治療を優先してまいりましょう。

○元部下、学園前に住む小畑さんが、さり気なく見舞いに来てくれた。信頼できるいい男だ。彼もすい臓癌？　の卵を宿しているという。大事にならないことを祈る。「2人に1人の罹患、3人に1人の死亡」、癌は人類にとって惨い病気だ。2018年、京都大学の本庶佑さんが、ノーベル賞（医学・生理学賞）を得た。癌の撲滅研究に拍車がかかることを期待したいものだ。国は学術研究に大胆な投資を惜しんではならないと考える。国会議員を減らせ、給料を下げろ、こんなことを断行してでも、そうすべきと意気込む自分が虚しい。
○癌で苦しむ次女の家族が帰省してきた。賑やかな正月を迎えることができそうだ。共々に喜ばしい。
○大過なく新年を迎えた（2020年1月1日）。家族総出で宝山寺に初詣、今年も同病相憐れむ次女と一緒にここに来られたことがなんとも嬉しい。娘が癌に罹ってからは、心を改めた。今年は癌の父と娘の快癒を一心に祈った。

●抗癌剤減量効果

年末に造影CT検査を受けた。減量抗癌剤治療の評価が下る。緊張気味に診察室に入った。

その結果はまたもや前進もなく後退もない。医師はCTの画像を見せながら、

「肺に転移している癌は、その塊が崩れてきていて、以前からあった何らかの影のように変容している。副作用を考慮するなら、薬を止めることもあり得る」

と言う。血液検査結果も異常はない。医師の楽観的な見立てに疑いを持つけど、今は率直に喜びたい。寛解であることを願う。癌を気にせずにもっと活発に動くか。

新年の挨拶ということで、元社員2人に梅田のレストランで食事を誘われた。予約席に着いた早々、誰かに聞いたのだろうか、

「病気と聞いていたけど顔色もいいし、お元気そう」

と言う。「ありがとう」の言葉を返した。これまでの経緯を散々しゃべらされた。気にしてもらっていることが嬉しくて、こちらがご馳走した。

また別の元部下3人が自宅まで見舞いに来てくれた。居間に入って私の姿を見ただけで、3人が声を揃えて、

「すごく元気そう、ひと頃と比べたら様変わり」

とべた褒めしてくれた。好印象に見えるようだ。このところの周囲の人たちも同様の評価をする。今は身体もよく動いている。電車の乗り継ぎの時、人を追い越せるようになっている。

今日も元気だ、身体が動く。妻と京都競馬に足を運んだ。俺は生きている！

難波でいつものメンバーと麻雀・競馬、勝っても負けても楽しい。楽しさを感じることは、元気な証拠に他ならない。不断に続いている足裏の痺れとひび割れが昂じ、歩行時に痛みを感じる。瞬時、このまま進めば歩行困難になるのではと恐れるも、怠さのことを考えたら大したことではないと高を括る。

「まあまあ」のこのところの体調の良さは、遂に沖縄まで足を延ばさせた。いや飛躍させた。今帰仁城（野面積）・勝連城（布積）・万座毛……、妻の運転で沖縄北中部にある観光資源を見て回った。

この地で77歳の誕生日を迎えた。妻に「元気になってくれて嬉しい」と言ってもらう。「おまえのお蔭や」と心の中でしっかりつぶやいた。生声で言うのは、いささか恥ずかしい。この頃の沖縄には中国人が目立っていた。暫くたって、コロナの禍に巻き込まれることになる。無事ですんだ。ああ怖かった！

ボランティア仲間に会う。同僚に会う。「元気そうだ」の言葉に素直に相槌を打つ。そのことを実感している。いや、俺は末期癌の患者なのだろうか、自分を振り返ることもある。癌を忘れて？外出する日が続いている。疲れを感じたら、無理せずに、横になる。そうすれば回復も早い。

散歩は4キロメートル、およそ7000歩くらいを歩くようにしている。天気のいい日は欠かさない。この状況は、主治医も匂わした寛解の状態ではないのか、そう確信したい。

毎年冬2月、飛鳥歴史公園ボランティアが甘樫丘で炭を焼く。癌に罹るまでは前に出てよく働いた。数年前までは年2回焼き、地元住民にも見学してもらっていたが、今は原木不足やら技能者不足で、活力を失いかけている。11時に着いた時には、既に火は窯本体の中に移っていた。8時に点火したらしい。窯を開けてみなければ出来栄えが分からない。有能な技能者出でよ。炭焼きを続けてほしいと願いながら、同僚に挨拶して帰途につく老年の癌患者だった。橿原神宮前駅まで30分程度を歩いた。およそ3キロメートルの道のり。夜半、手足に痙攣が起こったが、これは活動できた証しと叫ぶ声を聞いた気がする。

生の喜びは尽きない。社員研修の講師に招かれた。講義後は社員旅行、京都八瀬のリゾート施設・エクシブに行く予定になっていた。時間が押していて、急ぎ昼食を摂った。早飯、卑しい行為を咎められた。食べた物が喉に痞えて胃に落ちず戻ってくる。全く学習効果が出ていない。「反省なら猿でもできる」と自分を罵りつつ、口から吐き出す始末だった。

広い豪華な設えの温泉に独り浸る。まるで偉い人になった気分だ。ここでも生きている確かな実感を噛み締める。入浴後の宴会、美味しそうな食べたことのないような食事が出された。昼の喉痞え事件が頭を過って3割程しか食べなかった。周囲の社員が気の毒そうに見ていた。翌日は社員たちは京都散策に三々五々出かけて行ったが、私は無理は禁物、体力を考えて直接帰宅した。俺はまだまだやれる！　の気持ちになっていた。

●もう一歩……更に半減

3月初めの診察日。内視鏡検査は、再発の異常を認めず。普段の暮らしを楽しんでいるのだから当然の結果であろう。抗癌剤の蓄積の影響か、手足症候群はひどくなっている。医師は休薬することには危うさがあるという。そこで抗癌剤の半減に踏み込んだ。投薬期間も半減した（1日4錠1週間・その後の1週間休薬）。

「これで暫時、様子を見ましょう」

薬効と平生の暮らしの折り合い、どのような結果が出るか緊張感をもって見守ることになった。

医師は手足症候群の深刻さが気になってきたようで、院内の皮膚科に紹介状を書いてくれた。皮膚科を訪ねた。皮膚科部長が診てくれるはずが、何故か若い女医だった。ステロイドとサトウザルベ軟膏を処方された。赤い所にはステロイド、ひび割れ部に軟膏と指示されたが、そんな区分けはできない悲惨な状態なので、先ずステロイドを塗って軟膏を上塗りすることにする。この日から真面目に朝夕2回塗っている。当初、快方に向かったかに見えたが、そう簡単にはいかない。掌と足裏全体がグーグルマップのようになっている。

安定した状態は続いていたが、朝の食事・洗顔・手洗いなどのルーチンワークをこなした後、またぞろ身体に怠さを覚えるようになった。その間隔が狭まってきている。1～2時間ほど朝寝、横になったら治る。薬を減らしているのになんでだろう。

深夜、「死」の夢を見た。大声を出して唸ったようだ。妻が様子を見に来た。妻の姿を確認したら、〝悔しい〟と声を出して泣いた。妻は「あなただったら大丈夫」と背中をさすりながら励ましてくれた。握りこぶしには力がこもっていた。自分でも大丈夫であることを確認して、布団から抜け出した。数分間のことだったが、死期が迫ってきていることを感じたのかもしれない、つい弱気の顔が覗く。解けない「死の呪縛」。普段をとり戻せたのに、何故に解けない。何故に放擲できない。

抗癌剤を減量したせいか、不快な症状はあっても深刻さはなくなった。

多少の違和感はあっても、癌の方は落ち着いているので、気を良くしていたら、コロナという難敵が、日本中を巻き込んで暴れ出した。人にうつる厄介な病気なようだ。この為、取り戻しかけている体力を、活力を使いたかったのに、外出することを拒まれた。予定していた行事がすべて消された。訪問者もいなくなった。外出先は病院と国会図書館だけ、ここととて人との交歓はなし、窮屈な暮らしを余儀なくされた。

このように行動が制限され、言葉も封じられ、もうすぐ手に入りそうな普段・平生は、コロナによって奪い取られてしまった。

抗癌剤再減量の造影CT検査結果が出た。「癌の拡縮を認めない、再発・再転移もなし」。抗癌剤を減らしていただけに少し心配していたが、減量効果は持続、今のところは杞憂に終わった。主治医も安堵の様子。向後も現状処方を継続することになった。

天気のよくない日には、タブレット1台抱えて、国立国会図書館か奈良県立図書情報館に行く。仕掛かり状態になっていた「飛鳥観光ガイドブック」、「蘇我氏」と「癌まわりのこと」など、まとめておきたい。物書きを本格的に始めた。遅筆、書き上がるのが先か、命の終わりが先か、前者の勝利?を祈って、努力しよう。限られた時間の無駄遣いを排除できるし、生きる動機になると確信している。

病人でありつつ健常者風に普段の生活が続く。抗癌剤も飲み続けている。隔週に1〜2回ぐらい、散発的に軽い脱力・倦怠感がやってくるが、基本は体調良し、順調に普段を生きている。生駒山やら星田園地、くろんど池園地などの近くの山を歩く。朝、身体に怠さを感じても、行き倒れまでは覚悟していないが、敢えて出かける。この「強行軍」的行動が、却って、怠さを排除し、身体を正常に戻す作用をしているのか、怠さは抜けている。

「しんどいとか怠いとかで寝る」という行為は安易にとらないように努力している。未だ生ける、自分を勇気づけている。

ある日、国会図書館の近くにある池の周りを散歩中のことだった。道の法面に生えている松の大木が、池側に傾き、その枝が池の水面に覆いかぶさっていた。私はその姿に感動して、暫く立ち止まり、この松の木に自分の身を重ねていた。そして、この木に向かって、「お前もだいぶしんどい姿勢で頑張っているね。俺も癌にやられて、お前と似たようなもんだ。でも、未だくたばりたくはない。もういいかと諦めたこともない。お互い頑張ろうよ」。こんな声を掛けたことを覚えている。2023年4月に同地を訪ねたら、この松の木は伐採されて、根の一部だけが残っていた。寂しさは尋常ではなかった。もし、この木の伐採情報を事前に知ることができたら、反対運動を起こしたかもしれない。

コロナの邪魔はあったが、このように不断に動ける時間が長くなった。投薬量と副作用の出方、つまり普段・平生に暮らせる度合いとの折り合いを測りながらの治療効果を確認できるまでになったということか。今年になってからの「元気の良さ」は、ようやくその最適解を見つけたかもしれない。

●紛れ込む病

そんな自己評価をした直後だった。病状が急変した。癌に関わっているものか、固有の新しい病か判別できない。

深夜1時、左足に怠さを感じ、脱力状態になった。足裏とりわけ踵は、生け花の剣山で刺されているかのように痛い。朝になって、心拍数は100に迫る値を示している。ここから痺れが酷い状態で続き、倦怠感に吐き気とめまいと混ざりあい、何故か股関節痛まで加わって、収拾不能になった。抗癌剤治療を始めた頃の状態に近くなった。座っていることが辛い。

どの病気が本筋なのか分からない。取り敢えず、整形外科に行き、股関節痛を診てもらう。MRIで調べても異常なし。手足の痛みや痺れを訴えるが、専門外として無視。役に立たない鎮痛薬を貰って、更に疲れを付け加えて帰宅する。

別の病院で、足の痺れの異常を神経内科医に診てもらう。何のためか分からない問診を散々続け、整形外科のデータも取り寄せると言い出し、「不要」と言えば、「あなたの病気は、複合的症状だから要る」と返してくる。痺れの検査を指示されたので、「これもある病院で1年前にやっているから不要」と言えば、「病変するから新しいデータを取る」と主張する。

日を空けて診断結果を聴きに行く。答えは「何もない」。データは多面的に収集するが、それらを統合的に分析する能力はないようだ。呆れ果て、「寂として声なし」の状態、ホームページで調べて、よさそうな病院と睨んだのだが、ろくでもない病院に来てしまった、反省しきり。無能な医者には会いたくなかった。1週間のドタバタ劇、何も分からないで、何も解決しないで収束した。残されたのは副作用の残滓だけだった。

同月の診察日、主治医にこれまでに起こった症状を具に伝える。主治医は、思うところがあったのだろう。投薬をしばらく休むこと、頸部のCT検査を指示された。

癌の終末期には、さまざまな痛みが出てくる、と、ものの本で読んだことがある。今回起こったことは、それに該当するのではないか、またぞろ弱気の虫が騒ぎ出す。浅はかな素人の考え過ぎであってほしい。

CT検査の結果も、「癌の進行なし、消えかかっている。転移も認めず」だった。念のためPETで転移した癌の「縮小又は消滅」を確認するはずだったのだが……。

●普段の享受

めまい・ふらつきが出た。癌の残滓が居残って、悪あがきをしているのだろう。ぐずぐずばかりしていられないので、五条・十津川に宿を取って、休養することにした。ここはコロナの煩いも小さい。

暫時休んでいた抗癌剤を再開した。気怠さがあっても、左肩に痛みを感じても、ほぼ7000歩の散歩は欠かさずに続けた。前にも書いたが、怠さを押して歩けば、これは消える。こんなことに負けてはおられない。

再び平生の、普段の暮らしができるようになった。この頃の標準的行動記録、次のような様子だった。健常者並みの動きと思っている。

○朝の動き：早世した次女との対話
娘の遺影の前に座り、焼香する。供花は妻が栽培している花、散歩時に里山や土手で摘む野草。
娘との「会話」は、昨日の出来事・今日の予定・家族の近況。娘への願いごと「おまえの分まで生きる。しっかり見守ってほしい」
○昼の動き：基本は外出
■散歩・7000歩≒4㎞目標。漫然と歩かない
■散歩メニュー：①車両番号調査（1〜100番号を収集）
因みに現在までの未確認番号：14・19・40・42・44・47・62・

68・94
これらは人に好まれない忌み数字なのであろう。
②珍しい草花・変形した樹木・小動物などの観察
③田畑の四季の観察
④作業を終えた農夫との会話（農機具の働き、農業の喜びや苦悩など）
■図書館（国立・県立）で物書き
■土曜・日曜は競馬観戦（毎週）、麻雀（月1回）
○夜の動き：娯楽と読書
■YouTube（歌・演芸）、Amazon Prime（映画）、テレビ
■就寝前は読書
■就寝は22時まで。体調が良くても夜更かし厳禁、十分な睡眠
○非日常の動き：旅行
■国内旅行（隔月1回）
■ある日の日記　怠さあり、頭痛あり、めまいもあり、不快症状は錯綜するけど、そんなことに構ってはいられない。信州・白馬の旅に出た。空気の鮮度が高い為か、

80歳の癌患者でさえ、白馬の山々を映す八方池まで身体を運ぶことができた。途中までゴンドラの世話になったけど、その先は池まで「難所」続きの上り坂を自らの足で登った。息を切らしながら、諦めることもなく登り切った。画期的なこと、快哉を叫んだ。この勢いで、癌も克服してしまおう、と勇気づく爺だった。

○80の手習い：絵手紙
■ある日ぼーっと考え事していたら、なにか新しいことをやってみたくなった。まったくなじみのない絵手紙にした。手書きで、子供たちや親しい友人たちに季節の便りを出そう。生きる気を盛んにしよう。4万円投資。作法に拘らず、YouTubeを見ながら、気楽に描く。三日坊主になって、筆が手持ち無沙汰になっている。投資回収できるまで生きたいと願っているが……。

(6) 悪夢！　更なる病変（2022年11月10日）

●「ドツボにはまる」
CT・PET検査を受けた。そして、その結果は真っ赤、肺の2カ所に「リンパ節腫大」が見つかった。ステージ4の先には何もない。肺に転移してドツボに墜ちた。ではドツボに墜ちてから再転移したらどうなる？

「ドツボに埋まる」しかなさそうだ。そう現実の死を覚悟せざるを得なくなった。何でここまで追い込むのだろう。

荒い言葉を使って人を叱ったこともあったけど、概して、人様とは優しい付き合いをしてきたと思っている。人様に迷惑を掛けたことは、ボランティア活動中に癌に罹って、私の企画した「歴史公園（甘樫丘）整備計画」プロジェクトから進行の過程で退場せざるを得なくなったこと。「言い出しっぺが、何もせずに辞めてしもた」ことである。批判の誹りを受けても仕方がない。申し訳ない気持ちである。悪意ある人は恨むだろうけど、多くは許してくれよう。このことが癌の悪化に影響するとは思えない。

きっと癌は癌なりの独自のプログラムを以て、絶対的存在故の障害物ゼロの状態で、ただひたすら私の身体を蝕んできたのであろう。癌の前には抗癌剤も無力だったということだろう。癌には抵抗できなかった証左であろう。

余命宣告を受けてからのほぼ3年近く、健常者とか、平穏無事にとは言わないが、それに近い状態で、普段の暮らしを送ってきた。80歳を数えるところまで来た。厚かましくも死の恐怖から解放されかかっていた。

「寛解」まであるか、を確認するつもりでＰＥＴ検査を受けたのに、ＰＥＴ画像には、肺に、癌細胞が勝ち誇っているかのように、鮮やかな光を放っていた。最悪の結果を見せつけられた。馬鹿馬鹿しくて悲しみもない。まして涙なんか流せない。

所見は「リンパ節腫大」。PETを以てしても、これが癌かどうかの判定はできないようだ。癌であるかどうかの判定は、更に生検まで追い込まなければならい。高齢で、悪性の疑いが濃い、そして、この生検には侵襲のリスクがあって、しかも検体を確実に採れないリスクもあって、検査結果の確実性が高くない、などの理由で、これを排除し、「胃癌の再々転移・再々発」ということで抗癌剤治療に見切り発車した。

「寛解」すら想定していただけに、今度の病変・癌の拡張だけは、思いがけない出来事だった。不正な言動に対しては短気を起こすが、日頃は鷹揚な振る舞いをしている私でも狼狽えた。正直、震えた。名実ともに最終の、死の宣告と受け止めた。

癌は追い打ちを掛けてきた。数カ月後、更に肺で侵襲域を拡げ、防御の打つ手は狭められてしまった。さすが絶対他者の「エゲツナイ」攻撃力で、手を緩めることなく、命を獲りにきている感を持つ。入院していたら同室や同フロアーの様子から、死の実感、死への切迫感が強くなるのであろうが、自宅通院の私にはそんな緊迫感はない。手足末端部の痺れやむくみや声枯れなどの副作用はあるが、幸いに普段の暮らしができている。

この状況について、医師は臨床例を研究しているようだが、死に関しては明解な返事をしてくれない。分かりにくい症状のようだ。

●頼りにならない「元気」の証拠

いま処方されている抗癌剤は、パクリタキセル＋ラムシルマブであるが、「この療法は切除不能な胃癌に対する抗癌剤治療です。治癒することは難しく、延命的な治療です。この療法を受ける多くの患者さんはファーストライン（初回化学療法）の治療を受けた方ですが、腫瘍の進行を止める可能性は80％、縮小する可能性は約30％で、生存期間中央値は約10カ月です」（岡山大学大学院・神崎洋光氏）とされている。生存期間は中央値で10カ月、せめてその座標軸の右端に位置したいものだ。

妻共々、主治医に余命をめぐる症状について聞いてみた。はっきりしない。

「あなたの癌の進行状況は、はっきりと読めない。これまでも常識を外れた経過を辿っている。ここに転院してきた時（1回目の抗癌剤治療後）は、はっきり言って、ちょっと難しい状況と診た。抗癌剤治療は継続したが、あなたのQOL要望に配慮して、副作用を和らげる為に大幅に抗癌剤は減量した。ところが、癌は進行することはなかった。漸次、体調は良化に向かい、遠隔地旅行にも出られるようになった。遥かに見立てを覆した」

「今度は、好ましくない遠隔転移が起こったが、それは腎臓や肝臓、膵臓など他の臓器への転移ではなく、肺のリンパ節に止まっている。これも予想外のことである」

「だから、あなたの余命を考えることは難しい。あまりそんなことを調べたり、考えなくていい。それは点滴を受けている時間だけにしたらいい。癌を離れて過ごした方がいい。あなたがこれまでやってきたように、散歩したり、旅にも出るようにしたらいい。好きなこと、やりたいことをやろう。それが何よりの薬だ」

患者に対する心遣いが、過分に入っていると思うが、未だ、死の核心には迫れない状態のようだ。

自分自身も時折、「おれは癌患者やろか」と思うことがある。症状は深刻さを増していることは分かっているので、「もう死ぬんだから……」、「今生の見納めか」と弱音を吐いたり、「……を見るまでは死ねない」、「あれを上げるまでは死ねない」、「せめて父親の寿命までは」……と欲張りにも似た意欲を示すなど、複雑な心が入り交じった状態にいる。

意欲をもてる、強気になれる根拠は、次のようなことである。人の寿命は、誰も科学的に読めない。医師が余命を読むのは、恐らく、臨床実績に基づく経験的勘ではないか。それなら私の競馬の読みと勘と同じだ。当たりもあるが、外れも少なくない。例えば、頼りないけど、こんな証拠に依拠して生きるも一考か。

○胃癌の腫瘍マーカー・CEAの値が、何故か、癌罹患の初期から今日まで一貫して正常値の範囲にあること。医師に聞いても明解な回答は得られない。当てにならない検査を続ける理由も分からない。
○余命を示した医師たちの見立てが悉く外れて、長命になっていること。最も長い見立てで1年半だった。それが外れて、2倍の3年を生きている。また周辺の癌を患っている知人やその家族の話を聞けば、余命を超えている人が明らかに多い。専門家にとっては笑止なことかもしれないが、癌患者本人にとっては、ささやかな元気の素、生きる動機になっている重大事である。
○妻も、これまで罹った脳梗塞と現在の癌、死に関わる病気を乗り越えてきた体力、気力の実績がある、それを支える「運」も持っている、だから、まだまだ大丈夫だと励ましてくれる。淡白な私は、「うん、そうやな。運はともかく、実績は嘘じゃない。ちゃんとした事実だ」と真に受けて、元気の素の一助にしている。

●死の呪縛

生死の際に立つ者は、心が揺れに揺れる。ある日には「元気出して生こう」になるし、別なある日には「元気が出ないから逝こう」と一変することもある。

生への意欲を持っていても、身体的劣化は、覆いようがない。私の場合、リンパ節腫大の診断が下ってから、以前と同じ運動（同じ行程の散歩）をしても、足腰の衰えを感じ、疲れやすくなり、息切れが激しくなっているように感じる。偶に昼寝も必要になる場合もある。

足腰の衰えがあって、屋内でよろよろとよろけるようになった。外出時の歩行は正常になるが、気分のせいか、地に足がついていない、浮ついた歩き方に変わった感じを受ける。夜中に咳が出るようになった。天気の時は、7000歩を歩いていた足は、いつすげ替えられたのだろうと訝るくらいの変わりようになる。齢80、年相応といえば、そうだろうけど、変わり方が速すぎる感じだ。すっかり老人・別人になってしまったようだ。声もしわがれてきた。若い頃の美声はもう出ない。嗚呼。

これが実体なのかどうかは、分からない。案外、ステージ4のその先「ドツボに埋まる」ところに来たことを意識し過ぎているのかもしれない。

現実に、私、80越えの、末期癌患者が、決して楽ではない、熊野古道に入り、雨に濡れた坂路をおよそ10㎞・1万6000歩を上り下りできた。その後の疲れもさほど残らない。我ながら「末期癌を患う80の爺がようやるわ」とちょっと驚いている。「死」は意識していても、やる気は衰えていないし、「やればできる」と思う気力と「やればできる」体力を残していることを自ら証明してみせた。「ドツボから這い出せた」ことに誇りを覚えるくらいの気持ちになったものだ。

そのくせ、「死」が離れない。妻が心を砕いてくれて、南紀を旅した。天王寺から乗った新宮行き特急電車の私の座席は、1号車「4番・C席」、レンタカー借りて走った国道が、止せばいいのに「42（シニ）号線」だった。なんの関係もない、語呂の問題と思いつつも「シ」は、心に重くのしかかる。

やはり再転移は、心に堪えている。心を傷付けている。熊野古道を歩いたのは空元気だったのだろう。それでもいい。「ドツボから這い出す」努力を惜しんではならないように思う。

だれしも身体の衰えが目立ってくると、気持ちも弱気になりがちである。弱気はマイナス思考に陥り、後ろ向きで、悲観的な思考になる。そして厭世的な境地にまで誘っていくかもしれない。生きていることが苦痛になるだけである。

これまでも癌の二度三度の病変が、起こる度に落ち込んだ。今度の病変は、抗癌剤の種類から類推して、はっきり良くない状況にある。心身共に危うい状態に紛れ込んで、頭の中は死が優勢になっている。もしかして、副作用や周辺環境の悪化などによっては、「もういいか」と自死に誘われることもあるだろう。

しかし、今は、せっかく癌が迎えに来てくれるのだから、それに便乗した方が、自害する手間も要らずに死ねる。「ドツボに埋まる」のは癌次第、癌にお任せしようと考えている。

せいぜい自分の身体が動く間は、「末期癌だ」、「あまり長くはない」を意識しても、やる気を出して、動ける範囲で、ちょっとだけ背伸びして過ごしていけばいいと思う。楽しめることがあったら、自分もその中に入ろう。体調のいい時は山中を歩こう。仕掛かりの原稿を早く仕上げよう。友人、知人との接点機会があれば、感染症の感染リスクを冒してでも、進んで出かけることを心掛けている。

つまり、座して死を待つことは拒絶しよう。そうすることで、瞬時でも、癌の呪縛から離れることができる。自死なんて以ての外である。

気持ちに張り合いを持って最期を歩きたいものだ。だからこれまでの、普段・平生を追った生き方を続けたいと考えている。身体は弱ってきて、気持ちも弱気になりつつあるけど、やることを持って歩くことにしたい。

このように気持ちは複雑さを増してきた。揺らいでいる。しかし身体の衰え方に気落ちはしているが、「完成された病人」になったわけではない。時に怠さ、ある時には頭痛やらめまいやら、いつもの不快な症状は続いているが、十分に堪えられる範囲、平生・普段は失っていない。ちょっと足がよれてきた（しっかりしない）けど難所以外は、歩行に問題はない。

「こんなことで参るか」、「癌がなんぼのもんじゃい」と却ってやけくそ気味に気力を奮い起こす場面もある。他方では、必然的に起こる事象に過剰反応し、自分の先行きを死に結び付けて捉える気の弱さを露呈したりする。人間らしくていいか、自分を許容している。

最近、これまで7年間使ったパソコンが、キーボード共々動かなくなった。メーカーに問い合わせ、点検してみたら、本体の方は電池の寿命が来ているという。既に生産しておらず、部品もないという。癌を発症する直前ぐらいに買ったお気に入りのパソコンだった。これを自分に重ね合わせて、「俺もそろそろかな」、よからぬ感慨をもつ。腰が痛い。背中に痛みが走る。こんな身体の異常も同様に、根拠もないのに癌に結びつけてしまう。

また冬を暖かいところで過ごそうと、長期の石垣島旅行を予約していたが、体調の崩れに自信を持てずキャンセルした。「島で倒れたらどうしようもない」がその理由だった。入院前に、長女と長男それぞれ、多忙な合間を縫って、病状の確認と激励にわざわざ帰省してくれた。これに目頭を熱くしながら、症状が重たくなったなと思っているのだろうか、最期の別れに来たのでは。機を同じくして、2人の友人から励ましの電話をもらった際には、入院のことは何も知らせていないのに彼らに虫の知らせがあったのだろうか、などと捻じ曲がった思いをもったりする始末。

そして何より典型的なことは、癌の転移以降、新しい物を買わなくなったことである。従来、自己投資として、毎月5、6冊の新本を買っていた。癌転移後はきっぱりと止めて、図書館の新刊コーナーで借り出すことにした。

80歳の誕生祝いにと、妻がフグのコース料理を奮発してくれた。「もう80か」か、「まだ80か」、どちらを選ぶか迷う。癌がなければ、「まだ80か」だけど、飽きずに3回も攻勢をかけてきた絶対他者の癌を思うとき、さらに現実の身体につきまとう、あちらこちらの苦痛を感じるとき、決して強気にはなれないが、時々は強気を出して、せいぜい成り行きで生こうとなる。

事ほど左様に、患いの後退、重篤化は、人を気弱にする。平生な暮らしを送られるようになっても、その限界を意識させ、さらにその先の「死」をも覚悟させる。


〈よくもまあ、ここまで〉

寛解なんて甘かった。

またまた癌が侵攻してきている。

癌はしぶとい。

転移先で己の住処を広め続けている。
齢八十年、衰え行く身体である。
癌にとっては、未だ喰える値打ちがあるようだ。
これが絶対他者の実体なのだろう。
いま4度目の入院を経て、新たな抗癌剤治療に挑む。
延命時間に限りはあっても、それは長い方がよい。
それは欲というものか。
さすがに癌は許容しないだろうか。

(7) ドッボに埋める行程突入（2023年2月8日）

●5度目の入院

「リンパ節腫大」の治療に入る。点滴治療なので、いつも通り、最初は入院して治療を始める。都合5回目（内視鏡手術・腹腔鏡手術・抗癌剤1・抗癌剤2・抗癌剤3）の入院になる。もうこれで最後かな。最後にしたいな。そしてまた平生の普段の暮らしに返りたいな。こんな願望を強くする。

入院前日、入院の可否を決めるコロナのPCR検査を受けた。陰性。めでたく？入院することに。短期入院なので個室に入った。係の看護師と挨拶を交わす会話の中で、

「竹山さん、お若く見えます」

とんでもないお世辞を言われた。言葉遣いと立ち居振る舞いを見て、「爺臭くない」と思われているのかな、お世辞と分かっていても、嬉しかった。LINEで家族にも知らせた。

入院翌日から、3週各1回投薬、1週休薬のサイクルで4週間続ける治療法である。前掲のとおり、抗癌剤は「パクリタキセル＋ラムシルマブ」という2つの点滴薬である。主治医からの説明はなかったが、前掲の通り、これは切除不能な胃癌に対する抗癌剤で、治癒することは困難、延命治療用に使われる。前回転移時、「ドツボに墜ちた」時の抗癌剤治療も同じことを言われたが、真実は「ドツボに埋める」為の最終工程の薬剤、この後には、唯一「オプジーボ」だけと聞いた。もう特別の感慨はない。主治医の裁量に託すだけである。

この入院中、休日にもかかわらず、主治医の回診があった。感服する。と同時に、深刻な症状なのかと邪推する爺が。〝あかん、あかん〟。

雑談の中で「私の癌は末期癌ですか」と聞いてみた。

「遠隔転移に間違いはないが、臓器に転移していないので心配は要らない」

末期癌には違いないが、一般的な末期癌と比べて特異性があるということだろう。複雑な症状は、複雑な心境にさせる。ネット上で語られている私の癌のステータスは、悲しいけど、予断を許さない状況と認識している。前掲の脱力する脚をはじめさまざまな体調の悪化が何よりの証左であろう。時間とともに劣化していく身体、そのことを認識して萎えていく心。生きる気をもって、普段通りに生きていく努力をつづけよう。

脇机には、粗末な瓶に差し込まれた、散歩の途中で手にしたハダカ麦の穂とアザミの花が盛んになっている。それらが「あかんたれだけにはなるまいぞ」と励ましてくれているようだ。

さあ、治療の現実に返ろう。

午後から、およそ4時間かけて点滴した。パクリタキセルにアルコール成分を含んでいるようで、酒を飲んだことのない私は、点滴後の眠さに堪えられない。配膳の知らせにも反応できず、夕食を食べずに翌日まで眠った。主治医が22時ごろ部屋を覗いてくれたことは覚えている。嬉しかった。

3週間の入院予定だったが、2回目までは、目立った副作用もなく順調に来た。3週の内、用事があるのは3日だけ、主治医が入院させること（入院費1日約1万円の負担）を

気の毒に思ったか、

「ここでもう1週過ごすのは退屈でしょう。退院しますか」

と訊ねてきた。負担を感じる入院費が頭を過って、「退院します」と即答した。こうして、10日で退院し、3回目の点滴は、通院で処理することになった。

よくない出来事は続く。3回目の投薬の為に病院に行った。主治医は「血液検査結果報告書」を見ながら、

「今日は白血球が足りなくなっていて、点滴することはできない」

がっかりする。

主治医はこの状況を観て、抗癌剤の投薬頻度を、3週投薬・1週休みのサイクルから2週投薬・1週休みのサイクルに変更するという提案があった。減薬、一も二もなく受け入れた。ただ、白血球を増やす筋肉注射が追加された。

●またまた苛烈な副作用

点滴の回数を重ねると抗癌剤につきものの副作用が身体を虐めにくる。堪えられるものとそうでないものが相乗的にやってくる。以前の抗癌剤より一段階上がった、そう命に関わる副作用群である。

まず白血球・好中球が減少した。これは肺炎などの感染症に罹りやすくなったことを意味する。そればかりではなく、次回の点滴ができなくなった（薬剤投与制限）。このせいで、白血球を増やす筋肉注射を3週間に1回打つことになった。

次に口内炎が炎上した。ラーメンを水で洗って食べなければならない酷さである。食の入り口を7割方封鎖するような横暴さであった。口腔内が乾燥する。乾燥したら喉まで痛くなる。また舌の炎症は終夜を通して頻発し、睡眠を妨げる。香辛料の入った物は絶対ダメ、味噌・醤油もダメときては、我慢して口に入れて、直ぐに水を飲む、これを繰り返しながら何とか必要なカロリーを摂っている。

日に日に悪化していく。初めは左唇、漸次、舌に移動し、左側中心に舌全体が過敏になって、食べ物を痛みを以て拒絶する。ステロイド薬を塗っても効き目はない。終日痛いし、埒が明かない。

口腔外科も扱う歯科医を訪ねた。こちらの話を聞いて、即座に、

「抗癌剤由来の口内炎なので、それを止める以外に治療法はない」

と真っ当な答え。１０００円のうがい薬だけを買って、しょんぼりして医院を後にする。

しきりにうがいをし、ビタミンＢ２・Ｂ６剤が効果があると聞いて飲んだ。口の中は、常時、舌が浸るほどの水を含んで動いている。これが乾燥と喉・舌の痛み発症などの口腔

内の騒ぎを抑えてくれる。意外な発見であった。私にとって「水に代わる薬はない」とさえ思ってしまう。

常態化している手足の痺れも元気づいている。とりわけ手先、足先の痺れと痛みが酷い。ボタンの掛け外しが難しくなった。

脱毛も始まった。どのみち薄毛、いっそ丸刈りにと思い、散髪屋に行ってすっきりした。序でに医療用帽子を買って、常時被っている。毛という毛は、2本のすね毛だけを残して、見事に抜けた。苦労していた鼻毛も抜けたので楽している。

初めての体験だが、膝が砕ける、膝の力がガクッと抜けて体勢がくずれる。入院中によく起こっていたが、退院してからは脚の脱力状態に変容したようで、歩行が「よれる」(足取りがふらつく)ようになった。気になる。外出や散歩には努めて出ているが、疲れが出て、昼寝をしたくなる。しかし、「このまま昼寝すると、寝たきりになる」と自らに言い聞かせ、またダイアリーに「昼寝」の2字を書き込むことに抵抗している。

これまた生まれてこの方、体験したことのない事態が起こった。熱発である。ずっと続いていた頭痛が激しくなって、これに熱が加わった。朝は37度少しだったが、時間が進むにつれて、熱も上がり、遂に夕方になって、38度を超えた。生まれて初めての高熱、コロナに罹ったことを憂慮し、通院している病院に電話して、救急外来で診てもらった。ＰＣ

R検査を受けたら陰性と判定された。次に感染症を疑われ、血液検査へ。1時間後これも白、都合4時間に亘る検査で、癌以外は「潔白」に安堵する。これもまた抗癌剤の副作用、何かの感染症だったのであろう。余計な攪乱因子まで絡んでくる。「もういい加減にしいや」。夜10時前、大声で叫びたくなった。因みに、この時、熱はなくなっていた。

●普段の暮らしを求めればこそ

連日の口内炎暴力に堪りかねて、遂に、妻に向かって、二度三度、「俺もうあかんわ」と泣き言を吐いてしまった。潜在的に死を認識しているので、これしきのことと思っても、長引く身体の痛みは、心を弱らせ、折れさせる。

この弱気の進行を防ぐ為に、雨の日は国会図書館に行って、ものを書き、晴れの日は郊外（野道・山道・丘陵地・山寺）に散歩に出る。身体を傷めるつもりはないが、時に7〜8キロメートルを歩くこともある。逆に、身体に怠さを感じるときの散歩は、よたよた歩き、普段は妻の前を歩くのに、この時ばかりは、彼女について歩くのが精一杯、途中よく休む。これまで自ら休みを取ることはなかったのに。片足立ちもできなくなった。声はしわがれて、妻からよく聞き取れないとクレームがつく。こんな状態が多くなっている。一時的な体調不良であることを願いつつ、身体の衰えを気にする爺がいる。80歳になった末期癌患者、分相応・出来過ぎかとも思う。自らを慰めている。

長女に送ったメールには「これまでしんどくなったら直ぐに横になっていた。今日も散歩の後、母に昼寝を促されたが、拒否して、競馬研究に励んだ。昼寝は堕落の始まり、寝たきりに繋がっていきそうで、怖いので、これから止めにしようと思う」と強気をみせている。「強気を失ったらもう終い」の恐怖心を用意している。

それを担保しているのは朝の洗顔のあと、鏡に向かって、〝元一、今日も頑張るぞ！〟の一声かもしれない。今はもう、この掛け声も消えてしまった。

家族の困難の上塗りでもあるまいに、妻が手首を骨折した。さあ大変。今日から私が「家事代行業」を開業する羽目になった。自慢ではないが、結婚以来、台所に立ち入ったことはない。封建思想を色濃く残す明治生まれの父に教えられた「男子、厨房に入るべからず」の諺か戯言かを忠実に守ってきた。

食事を作る仕事、老夫婦の2人所帯、〝そんなことやれるか〟などと言っておられる場合ではない。妻の指示と叱声を浴びながら80の手習い、台所に立つ日々が始まった。調理の支援・食器と鍋の洗い物・後片付け・ゴミ出し・洗濯物干し・布団干し・室内掃除・浴槽洗い……わあ、大変な仕事を受け持つことになった。曲がりなりにもこなせている。妻と遠隔地に住む息子に、あの父が「重たい普段」もこなせることを見せつけている。

●止まらない遠隔転移、怯える患者

肺のリンパ節に転移した癌・リンパ節腫大の1クール目の造影CT検査結果が出た。良くなかった。

医師は言った。

「リンパ節の方は小さくなってきているが、肺上部を中心に、転移による肺癌がはびこっている」

「未だ、ミリメートル大の小さな癌だが、数を数えることが困難なくらいに広がっている」

「抗癌剤の点滴量が少ない為、効いているかどうか、結果の判断が難しい。手（治療の代替手段）も限られているから、後1～2クール、今の治療を続けてから結果を見極め、次の手を考えよう」

3年前の肺転移のときを上回る「エゲツナイ（度を越した）結果」の宣告であった。落胆と動揺、これから先どうなるのだろう。肺癌や肺にいる癌を拠点にして、脳や肝臓や膵臓や腎臓、その他の臓器に転移することをものの本で読んだことがある。

頭は真っ白、思考停止。頭脳劣化。嗚呼。一方的に医師の言うことを聞くだけだった。帰宅して肝心なことを何一つ聞いていないことに気づいた。先の他臓器への転移リスク、同じ薬でリンパ節癌は小さくなり、他方で新たな癌を呼び込む矛盾、現状の深刻度・余命等々。

妻にこんなことをぶつぶつ言っていたら、「ここでそんなことを言ってどうするの。その話は医師のいる現場で聞くことでしょう」と真っ当な答えを返され、わが頭脳の貧弱さと肝心な場での落ち着きのなさを笑い、恥ずかしくなった。

思い起こせば、癌に罹ってから会話不足、こちらのヒアリング不足を感じている。医療の専門家たる医師の権威また威圧に抑え込まれているわけではないと思う。ビジネスの世界では互角に渡り合っていたのだから。医師と患者、知識量の圧倒的格差は、直上の傾向を露呈させているのかもしれないけれど、よくよく考えてみたら、対面の場で吐き出される医師の言葉に、自ら早合点して？「死」を疑っているからではないか。肺転移癌↓他臓器への更なる転移↓「死」の構図、先が見えない死の世界を描いている。

概して、人は未知のことに遭遇するとき、尋常でない緊張を覚える。未知の最高位にあるのは、「死」であろう。一度しか体験できない「死」だから、それが間近に迫ってくれば、正常な意識がある限り、緊張からは逃げられない。

検査で癌の転移ではないことは実証されているが、今（2023年8月）、腰に痛みが出てきた。限定的な効果だが、鎮痛剤で抑えている。止せばいいのに、「死」の予兆かと疑っている。新しく出てくる症状は、大なり小なり癌と死と結びつける。弱気に支配されている。「あかんたれ」になっている。「死ぬ気まんまん」と宣って亡くなっていった佐野洋子氏の心中はいかばかりだったのだろう。

これまでの生き様を後悔し、少しだけ理不尽を憾み、未知に向かって迷走し、狼狽し、しょげることだろう。死は体験したことがないから怖いに決まっている。

フグは一度は食べられる。食べたら二度とは食べられない。一度目で死ぬから。これは答えがはっきりしている。自己責任。癌に罹ったら死ぬことが多い。だから癌に罹ったらいけない。自己責任であれば猶のことである。でも多くの人が癌に罹る。「なんで俺が……」、癌の理不尽な死はここに宿る。癌に罹る因果関係は、要素が錯綜していてすっきりしていない。癌を治す治療法ははっきり言って「ない」。これも癌の怖い由縁である。

第四章　医師との出会いは命・「賭け」

(1) 藪睨み医者像

●医者の分類

癌に罹ってから8年、この間4人の主治医と接点を持った。医療技術、インフォームドコンセント（患者に対する必要な医療情報の提供・説明そして納得）、ホスピタリティ（患者に対する配慮）など、さまざまな要素で医者を評価できるが、約めてしまえば、尊敬に値する人であるか否かということであろう。

本来、「師」は先生、人の手本になる人を指す。

私の体験からは、医者は二つの類型に分かれた。一つは医師免許を持っているが、尊敬するに値しない、便宜上「医者」群である。他の一つは患者をよく理解して医療行為を施す、患者に寄り添う医師群、尊敬に値する真の「先生」群である。

医療の専門家だから医者はみんな「先生」と呼ばれているのだろうが、医療技術の巧拙

（熟練度）及び「人間的」な要素＝成熟度を織り込めば、真の医師・先生と呼べる医療従事者は、必ずしも多くないように思う。具体的に整理しておこう。

●医師免許を持っているだけの唯の医者

例えば、〈患者を診ていないある腫瘍内科医〉。

癌が転移して、抗癌剤治療を受けることになった。癌の進行（悪化）に伴って、薬剤の組み合わせを変えていく適用薬剤の投与過程については、丁寧に説明されたが、患者には響かなかった。患者が欲しい情報は、抗癌剤の作用（効果）と副作用についての説明であったが、これらについては皆無。

患者に対する思いやりの言葉もなく、抗癌剤の「点滴小屋」の中に自動的に送り込む、患者が血管痛を訴えようが、吐き気や怠さで弱っていようが、抗癌剤というのはこんなものと言わんばかりに一貫して無関心を通す。まるで抗癌剤の手先か、アウシュビッツ強制収容所のおぞましい光景を想起させられた。

このような振る舞いである。挙句の果てには、早めの退院を促す。人間性って何だろう？

この種の医者は、患者という「人間」は眼中になく、患者の「病気」だけを医療の対象としている。そしてこの種の医者は、医者は偉いという自惚れが強いのか、患者との間に、医者は強者、患者は弱者という認識を持っているように思う。こんな医者が主治医になったら、患者は堪らない。

例えば、〈手術に失敗しておきながら、患者を捨てたある消化器内科医〉。

内視鏡による胃癌の手術をした。2カ所の病院で、癌は難所にありしかも浸潤が深く、難しい手術とされていた。手術は推定「見事」な失敗に終わった。この原因は手術自体の難度の高さか、医師の技術の巧拙の問題か、詳らかにされていないので判らない。まあ前者としておこう。取り敢えず手術の成否は措いといて、問題にしたいのは、手術後の医者の対応姿勢である。

医者は集中治療室から一般病棟に移った後に、「あなたも私も頑張ったけど、及ばなかった」という言葉を吐きに来ただけで、手術で傷付けられた自体の痛みに苦しんでいる患者を放置した。マグロの解体に失敗した程度の扱いだったのだろう。それにしても無責任の誹りを免れることはできなかろうに。きっとこの医者は腕の悪い、自分には優しい「御仁」なんだろう。

先にも触れたが、彼らは患者を医療行為の対象としか見ていない。患者を人間と見ていない。さらさら患者の個体差は「診て」いない。教条的に、ただ標準治療の薬を投与する、或いはマニュアル通りの手術をする。そのことが失敗であろうと、患者が痛がろうと頓着しない。知らぬふりして、患者と向き合わない身勝手な医師たちである。患者が固有の属性と認知能力を持った人間であることを認識できず、平均的医療行為はこなすが、個体差を考慮した応用動作ができない残念な医師たちである。

医師免許を持ってはいるが、能力も性質でも問題を抱える厄介な人たち。尊敬できるどころではない。唾棄したい輩である。こんな医者にかかったら、患者は先ず幸せにはなれない。私は不幸にも、こんな輩・2人に遭遇した。その分、余計な苦痛を被った。でも、過ぎたこと。もう恨み辛みは消えた。

●患者を理解する「先生」

「先生」と呼ぶ医師は、前掲の医療技術、インフォームドコンセント、ホスピタリティなどの人間的要件を満たしている医師である。患者の実情と悩みをよく理解し、患者としっかり向き合いながら治療を進める医師である。そして患者が納得できる水準まで医療を完結させる医師と定義する。

例えば、〈腕よし！　心よし！　のある消化器外科医〉。

「藪」医者が癌を取り損なった。病院としては「考えられない失態」だったのではなかろうか。この失態を拭い去るべく、別の医師が腹腔鏡下手術で、癌を「完治」の水準まで取り切ってくれた。食事を楽にする逆流防止弁もつけてくれた。術後もしっかり患者を診てくれた。分からないことにも丁寧に答えてくれた。感謝しかない。技術も患者に向かう姿勢も申し分なし。尊敬できる、素晴らしい「先生」だった。患者を放置した前任者は、この先生の爪の垢を煎じて飲んでほしいものだ。

例えば、〈患者と真摯に向き合う総合病院のある消化器内科医〉。

街のクリニックの紹介で最初に接触した医師である。難しい手術になるとの見立てをして、当院での手術よりも確実性の高いと思われる病院、高度な手術の装備と手術実績に秀でた癌専門病院を敢えて紹介してくれた医師である。病院のメンツよりも患者の確実な治療を優先してくれた。

教条主義に陥っている医者に見切りをつけて、この先生のところに出戻った。私の悩みを聴いてもらった。ＱＯＬや緩和ケアの説明も受けた。投与する抗癌剤と普段の平生の暮らしの均衡をとる「減薬治療」を提案してもらった。

どのみち治らない癌、進行するリスクを覚悟して挑んだ。前回の抗癌剤治療に次ぐ2回目の実証実験だった。症状は軽快になり、普段の暮らしができる時間が圧倒的に増えた。

「寛解」の声さえ聞けるようになった。

まさに患者に寄り添う、ホスピタリティ豊かな、頼りがいのある医師だった。こういう医師こそを尊敬に値する、真の「先生」と呼ぼう。

普段・平生の暮らしができるようになって3年が経った。癌はまたぞろ私の身体を攻めてきた。容赦がない。引き続き、先生と共に向き合っている。先はまったく読めない。再々転移だから、死に近づいていることだけは間違いはないようだ。初期の癌、転移の癌、更に再々転移の癌、三度目ともなれば、落ち着いた状態でいられる。前回体験した吐き気や倦怠感など嫌味な副作用がないので凌げる。助かっている。

●患者にとって理想の医師像

さて、患者にとって好ましい医師の資質は、どのようなものであろうか。主観性が勝ち過ぎているかもしれないが、勝手気ままに、思いの丈を綴る。私の医師との接触体験から帰納的に考察した結論である。

医療の技術的問題もあるのだが、優先するのは医師と患者の間の心の通い合いに帰結するようだ。「医は心で支え、技術で治す」という言葉がある。そうであってほしい。

▫品性

患者と医師の関係は、明確に対等でなければならない。医師が医療に関わる知識量を以て患者を見下すことは許容しない。医師は医療行為を患者に提供し、患者はその価値に対して相応の対価を払う。これが両者の関係である。ここに上下関係を見出すことは難しい。考えてみればいい。医師の給料を負担しているのは、病院の経営者ではなく、飽くまで顧客・患者である。毎月の給料を病院（経営者）から受け取っているから、顧客・患者の存在を想起できていないだけのことである。患者がいなければ病院経営は成立せず、医師の給料は保証されないのである。

患者に向かって上から目線でため口を叩く医師は、品性のない、ダメ医者であると断定する。だからといって、患者も傲慢や自惚れの態勢をとっていいわけでない。医師がいるからこそ病気を治せるし、死なないで済んでいるのだから。両者は対等の立場、お互いに驕ることもないし、卑屈になることもない。まして横柄な態度で患者に接することで得ることはない。医師の価値は、患者に尊敬されているかどうかで決まる。

▫当たり前のルールを許容すること

患者一人ひとりに、かけがえのない人生があり、これからに期するものがあり、今また揺れ動く想いがある。体力にも、体調にも、個人差があり、病状もさまざまとなれば、それに対する治療法の選択肢は多岐に亘ると考える。

また、抗癌剤には効果（ベネフィット）と副作用（リスク）がある。投薬する抗癌剤について、効果と副作用を丁寧に説明する必要がある。恐らく、単純に、「標準治療でいく」と決められるような問題ではないはずだ。

インフォームドコンセントは今や当たり前の社会的常識になった。医師は手術や投薬などの医療行為を始める前に、患者に対して手抜きせずに分かりやすく説明し、患者の疑問に対してもきちんと答え、患者の納得、同意を得なければならない。でも、これを手抜きする医師がいる。患者を軽く見る、悪辣な医療行為だ。

大病院は「同意書」を取ることをルール化されているので、形式的にはこの場を設けているが、その態様はさまざまである。予め用意した文書をざっと読むだけの医師もおれば、患者に対して多くを語らず、文書や抗癌剤メーカーが作った小冊子を丸投げして済ます医者もいる。対して、画像ありまた絵解きあり、患者の理解を促進する為に工夫を凝らす医師もいる。どちらが好ましいか、論を俟たない。

とりわけ抗癌剤治療の場合、インフォームドコンセントを徹底してほしい。「こんなことになるとは聞いてなかった」状態で、いきなりの苛烈な副作用に出くわすのは面食らう。

「抗癌剤に殺されるのでは」の恐怖を覚える。手術の場合でも術後の痛みや周辺のトラブルが起こる。患者が医者に対して不当を訴えても、後の祭り、医者は痛みを感じることはない。だからこそ、医者の良識が問われるのである。医者は患者をして、「こんなはずではなかった」と嘆かせるような手抜きをしてはいけない。医療上の情報提供や説明は、患者の理解力とか医師の多忙さとかの関数ではないことを認識してほしい。

▫「共に頑張ろう」、配慮係数が高いこと

医師は責任をもって患者の病の治癒に当たるべきである。

（前掲）摘出手術に失敗した、「頑張ったけど」完結できなかった医者がいた。だったらもっと素直に失敗の原因を、「何故？」を話すべきなのに逃げた。患者に会うことが怖かったのか、或いは患者を馬鹿にしていたのか、腹痛を訴え続けている患者の所に顔は出さなかった。術後のケアもしない。情けない、卑怯な、狡賢い医師がいた。この人は本当に医者なのだろうか。市井では僅かにしか見られない種である。治療行為をしてはならない輩と断じたい。

医師は自らの言動に責任を持つべきである。患者にとって堪える言葉のいくつか。

「あなたの病気は完治することはない」

退院が難しい状態にある患者に向かって発する言葉ではない。医師が生きる望みを断ってどうする。

「診断を受けたい患者が多数待っている。早く退院してほしい」

現在の治療法の評価、治療法の代替案について聞いてみたいのは、当たり前の行為である。それを申し出ると、

「セカンドオピニオンを受けても答えは同じ」

渋い顔をする。拒絶する。医師が患者の「知りたい」欲求を排除してどうするの。患者に与えられた、正当で、僅かばかりの「医療行為」を封じる。自分のやり方に従わせる暴挙に出る。陰湿極まりない、唾棄すべき行為である。

では医師が提供する医療は、眼の前の固有名詞を持つ患者にとって相応しいものかどうか熟考したか、最適なものか。「標準治療」を安易に適用していないか。こんな患者軽視の医者は、医療の現場から排除されるべきと考える。要らない医師であろう。医師免許が何、白衣が何、そんなものは、医師と患者を分ける表層的識別標でしかない。社会的に、本当に欲しいのは患者に対する配慮係数、高いホスピタリティなのだ。篤い心をもって患者をケアする医師である。

手術失敗後の患者を放置する、ケアしない医者は、医療の現場には要らない。患者の症

状また信条を理解しない、それを疎かにする医者も要らない。一律的治療を施すことも危うい。医療の劣化に繋がる惧れを持つ。

医の倫理は、「医師は患者の人格を尊重し、やさしい心で接するとともに、医療内容についてよく説明し、信頼を得るように努める。その意思決定は、本人の自由意思に任せること」を提起している。

医師の患者に対する「共に頑張ろう」の一言が、患者を蘇らせる。

⑵ 当たり外れは、「時の運」と「場の偶然」

患者は特殊な立場にいる人でない限り、主体的に医師を選ぶことはできない。基本的には病院からの宛行扶持の医師に頼らざるを得ない。患者が接する医師には当たり・外れがあるということになる。いい医師、そうでない医者に当たるかどうかは運だ。私の場合は2勝2敗、「当たり」が5割。「外れ」が5割であった。一般的にどのようなバランスになっているのか知らない。

誰しも「いい先生」に当たりたいと願うわけだが、世の中は甘くない。私の場合は、最初は紹介、次は与えられたリストから属人情報不在の中での選択、3人目が病院宛行扶持の医師、４人目は最後に、初めて自身で決めた医師だった。いずれにしても、名もない一般の患者が指名して「いい先生」に辿り着けるのは稀なケースである。

医者たちは皆、「医の倫」を学んだはずであるが、患者に対する配慮係数が著しく低いはぐれ者が、一定割合で紛れている。また手術下手の医者もいる。医師は命を扱う技術者だ。手術の失敗は命に関わる。手術下手の医師が第一線に出張っているのは困ったことである。

こうして患者にとっていい先生に当たるか、外れるかは、全くの偶然に支配される。時の「運」・場の「偶然」に任すしか仕方ない。まさに生きるか死ぬかのいずれかを賭けた「命賭け」なのである。

偶然出会った医師と付き合ってみて、初めてその良否、幸運・不運の結果が定まることになる。患者はやはり弱い立場なのだ。いい先生に当たればいいが、外れだったら、病気に罹ってしまった災難、外れの医者を宛てがわれた災難、入り口のところで二重の災難・不幸に出会うことになる。

これでは堪ったものではない。患者は治療が始まった後、当該医師を気に入らないから替えてほしいなどとは、よほどの覚悟がない限り要求できない。無理筋の要求、おそらく拒絶されるに違いない。医師が気に入らなければ、自らが身を引き、どこかに転院せざるを得ない。それくらい病院に対する患者の立場は弱い。

逆説であるが、主体的に医師を選択できない患者の存在を認めるならば、当該者側は、いよいよ「医の倫」、患者に寄り添う治療の提供を徹底することが望まれることになる。

今、科学的にも裏付けされた「病は気から」に力を借りて、生きる気「満々」の気合で癌に向き合っている。どうにか娘に誓った「父親らしく生きる」姿を保っている。これは豊かな人間力を持った、有能な2人の「いい先生」に出会えたお蔭である。「いい先生」に巡り合えた幸運を確と胸に刻み、懸命に生きている。

××市の癌専門病院の3人目の主治医と折り合いを欠いて転院した。抗癌剤治療に距離を置いてQOLと終末期医療を見据えての転院だった。転院先の先生は抗癌剤の副作用に悩む私の心情を汲み、この狙い、この願望に理解を示してくれた。

「緩和ケアのところまで面倒をみさせてもらいましょう」と快い返事を下さった。ましな人生を送れそうだ、完全に凹んでいた気持ちから解放され、期待に満ちた瞬間だった。

検査後の所見について、精度を欠く答えが気になるところはあるけど、それは大したことではない。造影CT検査結果が出た後に、余命について聞いたことがあった。先生は「そんなことは考えていない」と一笑に付された。勇気づけられた。言葉のありがたさが身に染みる。現在の治療は、癌の進行とQOLとのバランスを最適に保ったものになっている。副作用が消え去っているわけではないが、普段の暮らしができている。

第五章　抗癌剤について思う

(1) 抗癌剤受容の是非

●抗癌剤、お前なにもの

抗癌剤は細胞に毒を持つ植物から作られるという。「毒を以て毒を制す」という言葉がある。抗癌剤を使う治療は、薬の本質が「毒」である抗癌剤を以て、身体の中の最悪な毒・「癌」細胞を攻撃するという仕組みらしい。ただ抗癌剤は狙いの癌を攻撃するが、自身が「毒」故に、正常な細胞にまで手を出して、大なり小なり障害を与えてしまう。場合によっては、致命的なダメージになる。これこそが抗癌剤の「副作用」であり、抗癌剤の採否を廻る議論の焦点となる。

私に投与された抗癌剤では、骨髄抑制（感染症リスク）、倦怠感、悪心・嘔吐、手足の痺れ、脱力感、口内炎、脱毛……など多岐に亘ってみられた、苛烈だった。体力も奪われ、行動を困難にされた。このように抗癌剤は、他の商品に類をみないほど、商品としての完成度が低い。

最初の抗癌剤治療に入った時は、「身体が壊れる」、「命まで取られそう」といった恐怖を覚えたこともあった。よくもまあ、厚生労働省はこんなものを認可するもんだと思ったりもした。これが癌を攻撃する可能性を持った武器、現在までに人類が英知を集めた到達点であるならば、あっさり拒絶する理由もない。

因みに、抗癌剤の開発には、治験に辿り着くまで大変な時日と費用を要し、開発者が主体的にこれを「完成品」としても、厚生労働省の認可を通過できるのは、僅かな確率らしい。

だからといって、抗癌剤の完成度が高いわけではない。例えば、治験時、効果ゼロの偽薬（プラセボ）より少しでも効果があれば、認可されることもあるようだ。また抗癌剤は30％の患者に効果があれば、十分に役立つ薬として評価されるらしい。野球の打率ならば30％は優秀だが、命に直結する薬剤としては、この数字、大いに低い水準、いかがなものか、甘さを疑う。

従って、抗癌剤によって癌の根治を目指すことは、未だ困難だとされる。癌の縮小や寛解は期待できても、治癒また延命に関わる可能性・治癒率は、極めて限定的とされている。このこともまた、抗癌剤を忌避する有力な根拠になっている。

このように抗癌剤には弱点が目立つ。だからといって全否定することはない。抗癌剤にしかできない働きがある。抗癌剤をうまく使うことができれば、癌の症状が和らぎ、患者は「元気」になる。もし、使えば使うほど辛くなり、何もいいことがないという場合には、その治療をやめればいい。

罹患者にとっては、悩ましいことであるが、抗癌剤は「怖い毒薬」でもあり、「希望の良薬」でもある。頼り過ぎず、怖がり過ぎずに、冷静に、機敏に、判断しながら活用する薬なのかもしれない。それは医師と患者の共同作業でしか完結できない。

●抗癌剤を廻る我が家族の想い

東京、神奈川で暮らす子供たちにこれからの抗癌剤治療について、手術はできないということで、素直に医師の治療方針に従うことをほのめかした。できるだけ子供たちの心配を和らげるように配慮した次の文章にして発信した。ここからの家族内のやり取りは実に20日間に亘って展開された。

〈当人〉「消化器外科から抗癌剤治療をする腫瘍内科に回された。素直に医師の言うことに従うことにした。ここで肺に転移した癌の専門的治療をすることになる。改めて治療内容が示されることだろう。入院の日取りはまだ分からない。2月から消化器、呼吸器、循環器、腫瘍内科などで、さまざまに必要な検査が行われる。忙しくなりそうだ（笑）。新たな治療が加わるだけで心配はいらない。それより気落ちしている母を支えてやってほしい」
早速、長女から反応があった。
〈長女〉「今日は病院、お疲れさまでした。覚悟はしていたけど、突き付けられた現実は厳しいものです。お父さん気を強く持ってね」
〈長女〉「31日に治療方針が示されるの？　お父さんは抗癌剤治療をすべて受け入れることに決めているようですが、治療効果は示されているの？　誰も分からないことだから言ってはならないけど、無駄に苦しむだけの治療は絶対いやだな。お父さんには最後までお父さんらしく生きてほしい、そう願う娘です」
〈長女〉「東京は夕方から雪だとか。今日は病院の日ですね。一緒に話を聞ければよかったのにごめんなさい。先生との話の内容を後で聞かせてください」
〈長女〉「琢さん（長男）は福岡からの出張帰りに病院に入るようです。冷静に物事を捉えることができる彼だから頼りになる味方になってくれるでしょう。天気が悪く寒い。くれぐれも気を付けてでかけてください。和ちゃん（次女）も心配でいたたまれないから同席すると言って子供を預かってくれる所を探したらしいけどだめだったとか。『癌治療中の私だからこそ聞きたいこともあるし、医師の言うことも分かるのに』と残念がっていました」
（注）次女は既に癌との闘病で苦しんでいる。どうしても同席して、自身の体験で得た知見を以て、医師に面談して、抗癌剤の功罪について確かめたかったけど、時間の折り合いがつかず断念したようだ。自身は末期癌、中学生を頭に４人の子供を抱えている。東京から大阪まで出てくるのは無理筋の話であろう。
（次女）「姉からお父さんのことを聞きました。闘病中の私のことを配慮して内緒にしていたらしいけど、私も家族だからね。今日、抗癌剤治療の話があるとか。これをやるか、やらないか、よく考えてね。医者は余命を言う。こちらが冷静に判断できなくなるようなワードを使い、抗癌剤を勧めてきます。どう治すかではなく、どう生きたいか。抗癌剤の力が必要であれば、それを借りるのもアリだと思うけど、年齢と体力と副作用を考えて、普通の生活ができなくなるようだったら本末転倒だからね。脅すわけではないけど、薬の副作用は本当に辛いよ。私の場合は辛くても、子育ての日常に追いまくられ動かざるを得ないから頑張れるし、寝込んでもいられない。しんどい時はずーっと寝ていられるお父

さんの状況だったら、あっという間に体力も気力もなくなり、癌にではなく薬の副作用に生きる力を奪われていたと思います。お父さんらしく暮らしていける方法を……よく考えて判断してね」

（次女）「繰り返すけど、抗癌剤の副作用は尋常ではない。でも、医師は余命を口にして、抗癌剤療法を迫ってくる。お父さんは高齢であるし、体力も衰えている、そして大した用事もない生活を送られる恵まれた環境にあることなど、抗癌剤の副作用に耐えられるか心配です。よくよく考えて決断してほしいです」

抗癌剤治療は患者に余計な負担をもたらす、それはえも言われぬ、耐えがたい苦痛を伴う。癌で苦しんでいる次女の生々しい実態報告を見て、たじろいだことを覚えている。

家族を失望させてはいけない、最期まで、元気な頃の立ち居振る舞いを演じながら、逝きたいと自らに誓った。死期にある老人にとっては、重たい宿題だけど、ぼんやりとした目標であっても、「生き先」を持つことにしよう。幸いに、リタイア後に仕掛かりになっている書きたいものがある。これを書き上げる努力をしてみよう。気は萎えるどころか、動機づけられてきた。できるだけ、癌の邪魔を払いのけながら、望みを持って普段の生き方を追いかけよう。

(2) 結論は「やってみんと分からへん」

〈当人〉「昨日の診断結果は、琢から報告があったと思う。病状は予想以上に進んでいるようだ。放置することは、死期を早めることになりそうなので、代替手段のない現状では、抗癌剤治療を選ばざるを得ないと判断した。それに耐えられない事態が起こったら、躊躇することなく中断を考える。和恵（次女）の生き様を見習いながら、可能な限り、外出して、人との交わりを絶つことなく、余生を楽しく生きよう。その内に効果のある新薬に出会えることを期待しよう。悔しさもあり、なんでおれが？　という不条理を感じるけど、初めに胃癌に罹った時ほどの心の揺らぎはないし、何故か死ぬことへの恐れもない。人生の達成感があるのかなぁ？」
〈長女〉「おはようございます。昨日はお疲れになったことでしょう。そして病状と心境の知らせをありがとうございました。胃癌を克服したときから身体のメンテナンスを怠らずにやっていたにもかかわらず、転移が見つかった時には進行していたってあるのですか？　お父さんは十分に気を付けていたのに……それが悔しいです。お父さんが一番無念だよね。痛みや不快感がないのであれば、治療に振り回されることなく、お父さんらしく生きてほしいと思います。できれば病院の中でなく、自宅で、家族や知人に囲まれてね。私たちにできること考えています」
〈長女〉「夫の言葉です。『自分も病気して思うのだけど、生き様って大事だね。あなたのお父さんは立派な人です。だから医学上の余命って言われてもへこたれることなく、むしろ言われたら尚更、しっかりと自分の生き方を刻んでいこうとするんじゃないかな。私たちのできることは、それを全うさせてあげることかな、それぐらいしかないと思います。自分の生き方を持っている人は医学上の余命なんてものを蹴散らしていく人が多いように思える。きっと大丈夫、信じましょう』」
〈長女〉「あかるく・あかるく、『アホちゃう』って笑って暮らしましょう」
〈次女〉「昨日は私の治療日、白血球不足でダメでした。いろいろあります。抗癌剤やることに決めたのですね。しんどいことが多いけど、どうせやるなら薬に感謝して、より効果が出るように祈っています。孫・歓太朗と球司朗の甲子園出場、悠香と若菜の結婚・曽孫の誕生も近いかもしれない。まだまだ頑張りましょう!!」

〈当人〉「琢から話は聞いたけど、帰省するとか。気持ちは嬉しいけど無理することはない。どうしてもお前たちの顔を見たかったらこちらから出ていく」
〈長女〉「奈良に帰ることに意味があるのです。無理していないので安心を。お父さんはこれからの闘いに向けて体力を温存しておいてください」
〈当人〉「今日さまざまな検査を終えて、明日から治療が始まる。癌は2週間で少し大きくなっているという。2週間投薬・1週間休薬を1クールにしてこれを3回繰り返す。CT検査で効果を追跡しながら、必要に応じて薬を変えていくという。主治医に新薬の治験参加を勧められていたが、残念ながら治験者としての条件を満たさないとして外された」

抗癌剤を廻る家族の意向を確かめた。家族の温かさを感じながら、目頭を熱くして読んだメールばかりだった。抗癌剤（の副作用）は怖い、尋常ではない、ということが、体験者は勿論、一般にも流布されていて、「できることならやめた方がいい」という見解と受け取った。
主治医から治療方針が示される日がきた。妻と長男と3人で医者との面談に臨んだ。主治医はやや高圧的な態度で、

「あなたの癌は治らない。延命の為の治療です」

と死刑宣告みたいなことを言う。

「最初は標準治療で行きます。『標準治療』はこれまでの治療実績と科学的根拠に基づいて開発されたものであり、現在の医学界で承認されている最良の治療です」

そして後継の抗癌剤について滔々と語る。まるで薬学部の講義のようだった。患者は勿論、理解不能、患者の関心事、抗癌剤の効果とリスク、副作用については触れなかった。

教条主義的な治療方針、独り善がりの、はっきり気に入らない医者と映った。病院のブランドに免じて、その場で「お世話になります。よろしくお願いします」気弱に抗癌剤治療に挑むことを受け容れた。

この決断の根拠は、「やってみんと、分からへん」である。現役時代に修得した、事実の発見と意思決定の手段として、大事にしてきた実証主義の考え方であった。新しいことを始めるにはリスクを伴う。しかし、リスクを問題にしていたら、何も始まらない、何も得られない、見つけられない。だったら、やってみて事実に辿り着こうと。抗癌剤をやったら苦しいかもしれない。やらない方が楽かもしれない。しかし、抗癌剤治療を受けることで治癒又は延命のリターンが得られるかもしれない。たとえ結果（事実）が好ましいものでなくても、次の手段を考えることができる。事実に基づいて物事の是非また正否を判断すればいい、現実的な考え方である。

その結果は、想定していた以上に残酷なものだった。抗癌剤の副作用で、吐き気は酷いし、食欲はゼロ、身体の気怠さは尋常でなく、ベッドに座った体勢が保てず、歩行も困難になる。薬と医師に対する憾みと批判はあっても、この抗癌剤治療を体験したことに微塵の後悔もない。

何故なら、「心身損壊」の体験をして、新たな治療法を見つけたからである。普段・平生の暮らしが可能な抗癌剤治療の有り様に繋げたからである。その成果かどうかは判別できないけれど、当該医から余命3カ月から6カ月を告げられてから既に5年を生きている。

巷では、抗癌剤の採否についてさまざまな議論が展開されている。「癌コーナー」を設けている図書館もあるくらいに「私の言い分」本が出されている。ときに抗癌剤で殺されたとか、抗癌剤をやらずに生き延びたとかの趣旨で、キャンペーンを張り、有名になった医師も出ている。多くの人々が表層的にか専門的にかはともかく、何らかの知識を以て、持論を展開している。抗癌剤の効果とその副作用（それが患者に与える苦痛）との相対関係において、どちらに重きを置くか、また平衡を保つかの論争が展開されている。未だ片付いていない。一般的には決着させる必然性はない、不毛の議論であろう。

何故なら、人は平均的とか標準的では生きていけない「個」の特性を持っているからである。まして死を前提にした深刻な状況においては「個」が大事になってくる。私は抗癌剤による治療の選択における主な要素は、患者自身が望む生き様の選択及び科学に対する信頼性と考える。
医師や家族、その他の影響者などの意見・進言を聞きつつ、最終的には、自分に後悔のないような決断をする。優れて特殊個別性の強い意思決定事項である。いくら熟考しても、議論しても、残念ながら正答は得られない。「やった後の結果」「やらなかった後の結果」そのものが答えである。

〈抗癌剤〉

抗癌剤は、癌に抗い、癌を治す。
だから、抗癌剤は、いい子なんだ。
ところが、抗癌剤は、荒くれ者で、大事な細胞をも虐める。
だから、抗癌剤は、悪さを働く悪い子なんだ。
だったら、癌に罹った人は、抗癌剤をどう扱えばいいのだろう。
おそらく、偉いお医者さんでも、その答えはもっていない。
抗癌剤で、癌が治る確率は、概して低い。

治らないリスクがあるということだ。
だから、お医者さんの話をよく聞いて、自分で決めるしかない。
難儀だけど、自分で決めれば、うまくいっても、いかなくても、気が楽だ。
勇気を出して、自分で決めてみるがいい。
やってみなければ答えは出ない。
当たるも八卦、当たらぬも八卦。
抗癌剤をやってみて、その結果を観てから、次を手当てすればいい。

第六章　事例・末期の生き方

(1) 生きる動機

●「薬」から「楽」へ

胃癌の肺転移があって、患者が期待する「治癒」を期待できないドツボに墜ちた。抗癌剤しか治療の選択肢はないということで、ここから抗癌剤の治療が始まった。

いきなり驚きの、想定外の、生まれて初めての体験をすることになった。それは立ち直ることを諦めさせる強烈な副作用というパンチだった。水に触ると痛い、食べ物を口にすると戻す。身体は怠くて、ベッドに座るだけでも辛い。ベッドに横になる時間が長くなる。恐れていた寝たきり、廃人状態に置かれた。

主治医は治らない病気の認識を持ちつつ、当て所もない延命のために、高価な抗癌剤を惜しみなく投与し、患者の肉体的苦痛と精神的難儀を顧みない。患者に寄り添うという態勢とは無縁の扱いだった。治療という体のいい言葉を隠れ蓑にした「拷問」を受けている感じだった。

妻の心配顔を見るのが辛かった。身体はダメになっても、頭の方はしっかりしていた。このままでは人でなしの医者に、また「毒薬」の抗癌剤に殺される。せめて命を繋いだとしても、ただ生きているだけの「完成された病人」にされてしまう。もう付き合ってはいられない。「やってみなけりゃ分からない」と強気の決意をして、挑んでみた抗癌剤治療は、苛烈過ぎた。４カ月間は耐えたが、「もう堪忍して」ここが限界だった。最初の決断は誤り、実験は明らかに失敗だった。態度の悪い彼との決別を決意し、転院に踏み切った。

転院先の主治医に、普段の、平生の暮らしが送れる人に戻してもらう試み（治療）をお願いした。抗癌剤の種類と数量を減らした。その甲斐があったのか、倦怠感や手足の痺れなどが軽くなり、病人・末期癌患者でありつつ、人様並みの生活を享受できるようになった。食欲も出た。外出もできるようになった。明るい顔を取り戻した。

そう、毒薬か良薬か分からない「薬」を措いて「楽」を選んでみた。字面上は、薬のくさかんむりを取っただけであるが、暮らしの実体、生き様を楽しく生きることに転換できた。再び、生きる喜びを感じられた。どうやら2回目の試みはうまくいったようだ。

抗癌剤にまつわる生き様二態を試してみて、どうやら正解を見つけた。それで余命期限をクリアした。再び父親らしい生き様を取り戻し、普段の暮らしを得た。金婚式も祝った。

生きる喜びを心に刻んでいる。強欲？　笑い話にもならないが、ずっと先にある米寿をも展望している。

そんな暢気な私をあざ笑うかのように、癌は意固地になって、絶え間なく私の身体を喰い荒らしている。常態を壊している様子は、検査で追跡できる。その画像は、都度、損壊が進んでいる様子を映し出している。これは私の命の残量が減っていることを意味している。医師によれば、効用が期待できる抗癌剤の選択肢も狭まってきているという。

ところがである。前腕は採血と点滴の注射針の痕で痛々しくなっているが、副作用も軽く、平穏に暮らせている。医師に「私、癌ですか」と軽口を叩けるくらいに「元気」である。苦しんではいない（2023年7月）。

●打たれ過ぎ、それでも……

とはいいつつも、死のつきまとう病気に弄ばれるとやはり気力は萎える。「いい加減にせーや」と強がってみても、見えない敵の間断のない、あくどい攻撃を受けつづけると心は揺らぐ。私は暢気な小心者である。時として弱気が顔を出す。薬の副作用で体力が落ちてくれれば、尚のこと、気力も「もういいか」と萎えていく。剛毅な人がうらやましい。

振り返れば、「胃癌です」という医師の言葉で初回の衝撃。「手術失敗」が2度目。「肺転移」で3度目のドッボ墜落級の衝撃、余命が浮上して、抗癌剤の選択問題もあって、気持ちは大揺れ。もはや進退窮まった出来事だった。〝やってみんと分からんやろ〟と大決断したが、いきなり薬の暴力的打撃を受けて気は萎えた。耐えられず、薬を遠ざけた。これが奏功して、心身共にいくらか立ち直り、再び普段の様子で動けるようになった。

しかし、癌は容赦しなかった。患者を甘やかすことをしなかった。肺荒らしの暴挙に出た。「リンパ節腫大」と遠隔転移を果たした。4回目に当たる衝撃だった。更に間を置くことなく、今また肺全体に再転移（再発）と追い打ちを掛けてきている。5回目。ここまで重層化してくれれば、もう限界、歳も歳、そんなに打たれ強いはずはない。〝もう堪忍して〟の段階に入ったようだ。脱帽しかない。

〝いい加減にせーや〟と反発する気力は、大いに傷ついている。四方に揺れ、安定を失っている。落ち着かない。事ある毎に弱気の虫も這い出してくる。「もうあかんかも」と思うことも少なくない。妻には「あかんかも、なんていう言葉を口にしたらいけない。そうなってしまうから」と諭されている。

よく分からないが、普段の暮らしができている。すべての気力を失ってはいない。僅かばかりの在庫を残している。これまでの癌の侵攻を堪えてきた体力も残している。今は肺の中に癌が広がっている、「いつまで」の判断は出ていない。主治医は、

「他の臓器に転移はないから、今のところ心配は要らない」という。現在「今のところ」の期間の見積もりはない。気力、体力、どこまで保つか、心細い。

●「病は気から」

私は普段の暮らしができている。人様並みに動ける身体を維持している。数多ある、やりたいことも、楽しみたいことも、そこそこやれている。未だ欲望もある。

書き物を仕上げたい。だから雨の日は国会図書館に出掛けてパソコンを叩いている。自己満足だが、生きていた「父」の証しを書き物（本書）で残しておきたい。これも何とかなりそうだ（2023年1月）。できれば、仕掛かりになっている「蘇我氏」も完結させたいとも欲張っている。

旅にも出たい。今もなお、妻の気遣いに乗って、数カ月おきに、見知らぬ土地に身を運んでいる。非日常の日々は、新鮮であり、あれこれと新たな望みを持たせてくれる。

現役時代の憂さ晴らし、ストレス解放の為に始めた競馬も続けたい。妻から「お父さんが競馬をしていなかったら、家があと、2～3軒建っている」と皮肉を言われるくらいに競馬した。「競馬あればこそ仕事ができた」と嘯いていた。優しい妻には「お父さんが競馬をやらなくなったその時は死ぬ時」とも言われている。だから、意地でも競馬はやめられない。少々の身体の怠さがあっても、その気が薄らいでいる時でも、土日は細やかに勝ち?馬券を拾っている。偶には、せっせと指定席を取って、競馬場で応援の大声を出している。

友人と麻雀卓も囲みたい。月1回の定例会を開いて〝チー・ポン・ロン〟と元気よく声を出している。知己との触れ合い、会話が楽しい。「来月またやろうな。それまで元気で」。別れの挨拶は、ちょっと寂しい。

ボランティア仲間との交歓を望んでいる。今一度、明日香村の甘樫丘で、仲間と過ごしたい。体力的に作業は無理でも、里山づくりについての談論風発ができれば、どれだけ仕合わせだろう。悔しいけど難しい状況になってきた。自ら旗を振る元気はない。

80の手習いとして始めた絵手紙で便りも復活させたい。投資までして、せっかく始めた「新規プロジェクト」である。気分が沈み込んだ時に、筆をとって、拙い絵に、現在の心境を表現する言葉を添えて、子供や知人に近況を知らせる。それだけで落ち込んだ気分が晴れる。面倒くさがらずに、墨を磨ることにしよう。

人は「やる気」がなければ行動を起こさない。「生きたい」という動機、意志のないところに好ましい結果は生まれない。このことは、とりわけ諦めの気持ちに誘導されやすい、長患いの癌患者にとって留意しておきたいポイントのように思う。

病気を治す気がなければ病気は治らないと信じている。先に書いた「参りました」とか「もうあかんかも」とかの感情を抱くようでは治るものも治らないと思っている。たとえ治らなくてもいい（私の癌は治らないとされている）。健常者並みといかなくても、普段の暮らしができる「元気」でいる限り、自ら「生への動き」を止めることはない。やりたいこと、楽しいこと、心が落ち着くこと、そしてまた家族の役に立つことなどを創って、それらに取り組みながら暮らすようにしたいと思う。

敢えてそれは「生きる動機」、「死にたくない理由」でもある。元気を維持する源泉になる。

幸か不幸か、癌は病状がゆっくり進む病気である。そのゆっくりしている流れの日々は、にっくき癌が患者に提供する唯一の、せっかくの利便性又は値打ちのあるサービスである。利用しなかったらもったいない。ここは患者が自分を表現できる機会、楽しむ場でもである。「生きる気」を出して、大いに活用したいものだ。末期の癌患者だからこそ猶のこと。

古来「病は気から」という言葉がある。学術的な実証研究が行われているようだ。諸説あるが、大阪大学や北海道大学の研究において科学的に実証されている。大阪大学では気分の落ち込みやストレスなどの精神的作用が、免疫反応に影響するとしている。勝手に要約すれば、「人の身体には自然免疫の一つであるＮＫ（ナチュラルキラー）細胞があって、体外から細菌やウイルスまた癌細胞などの外敵侵入があれば、これが直ぐに排除してくれる。しかし気に病むような問題が起こると脳内に炎症が起きる。この炎症に適正に対処できなければストレスとなって免疫機能が低下する。すると感染症に罹患しやすくなり、また癌細胞を排除できずに癌になるリスクが高くなる」というものである。まさに病は気からである。

このことに意を強くして、私は暮らしの中で、再々触れているように「外に出る」ことを大事にしている。抗癌剤は望んでもいないのに、患者に倦怠感や脱力感をもたらす。これにつきまとわれると動きたくなくなる。こんな時は、多少無理してでも、「しんどいけど行こか」と妻に声をかけて外に出る。家に籠もることを避ける。まして横になるようなことはしない。

そう、散歩に出ている。遊歩道を歩く。田んぼの畔道を歩く。山寺まで歩く。緩い山道にも入る。ゆっくり、休みやすみ歩けばいい。明らかに家の空気とは違う。ともかく外の空気には鮮度がある。外に出るのは、気分を変える為のもってこいの手段だと考えている。

田んぼに遊ぶ生き物を観察しながら歩く。カブトエビという2億年前から姿を変えずに生き続ける生き物と廻り合うこともある。田植え時には、カブトエビが棲む田んぼに出向いている。彼・彼女たちを掌に載せて、あやからせてほしいと叶わぬ願いをしている。思わぬ出会いは歩いてこそ得られる。

普段は道端に生えている草花に目をやりながらのんびり歩くことにしている。知らない山野草に出会う。そんな場合は「グーグルレンズ」で写真を撮り、名前と素性を知る。直ぐに忘れてしまうけど、知識欲が刺激される。厚かましくも、痴呆にならない効用を期待している。貸し農園で面白看板を目にする。「あなたの新しい居場所としてどうですか」暫く立ち止まって味わう名コピーである。歩き徳、散歩することの特別な徳を思う。季節の山野草を手折って、持ち帰り、娘の遺影に飾ったり、自室のコーラの空き瓶に挿して朝夕、心を慰めている。散歩っていいな、楽しいな。そんな気持ちに満ちている。

そして人に会ったら「おはようございます」「こんにちは」……自ら進んで挨拶している。犬を連れている人に会ったら犬を褒める。大抵は返しの言葉をくれる。運が良ければ世間話が始まることもある。笑顔になれる。心は和む。

努めてこのような外出をすれば、不思議に怠さも取れて、足腰すらもしっかりしてくる。新しい空気も吸っているから心は爽やか、何よりここではストレスフリーになっている。無理はいけないが、外にいる時間を長くとる、人と会話する時間を作っている。

通院や仕事の疲れ、或いは病の痛みや怠さが酷くて、どうしても寝込む時間は必要である。そんな時以外は、昼間、横になることはもったいない。残された末期の濃密な時間、生きている時間を楽しく、有効に使っていきたいものだ。

食事・歩行・会話・物書き・睡眠などを続けられるのは時間の保証があるからである。この期に及べば、時間こそが実在である。1秒・1分・1時間・1日・1カ月の時間をどのように有意義に過ごすか、ここでいう有意義は、そう「楽」であり、楽しむことである。存命していることの喜び、時の経過を楽しんで送ることと考えたい。

もう少しこのことに関連する話を足しておこう。

この歳になってくると、「時の流れを速く」感じる。何故だろうか。それは恐らく、朝起きてから寝るまでの間に、同じことを繰り返しているから、新しいことに挑戦していないから。つまり、暮らしの鮮度が落ちているからであろう。例えば、SNS、ネットバンキング、キャッシュレス決済などの新しい生活道具や進んだサービスに馴染んでいない、いや「もうこの歳で」とあっさり諦め、挑戦しようとしていないからではないか。挑戦するものがあれば、時間は長くできる。その時間は楽しみと喜びに満ちた時間になる。

暮らしの鮮度を保つためには歳に関係なく、病に罹っているかどうかに関係なく（重篤な場合は困難であるが）何か新しいことを取り込むことが大事である。

将棋の藤井さん、野球の大谷さんを追いかけるのもいい。毎日・毎週、情報が更新される。将棋を始めたくなったら安い駒を購い、板の将棋盤を作って、近くの図書館から初心者向けの将棋本を借りて、指し始めたらいい。頭を使う、時間を有効に使える。奥さんの役に立ちたいという気があれば、家事を手伝うこともいい。奥さんの負担を知り、愛おしさを抱くことは必然。楽しさの交じる会話量が増え、張りのある時間の過ごし方に変わる。

私は馴染みの全くなかった絵手紙なるものに手を染めた。初めの数カ月は夢中になって、墨を磨って、絵を描いて、色を塗って、下手な仕上がりを恥じずに、子供たちや友人に送った。減価償却していないのに、今は慣れが来て中断状態にあるが、時間ができたら、気に入った花を見つけたら再開しようと思っている。パソコンをやっている。機械は思うようには使いこなせない。その時は有料でもいいから、メーカーやソフト会社に聞く。そうすることで、また新しい技術を習得できる。自分が賢くなっていく気になる。

ある時、80歳を優に超えた麻雀仲間に、JRA（日本中央競馬会）のインターネット投票、馬券の買い方を教えてほしいと頼まれた。3度、4度とスマホ操作をやり取りして、ものにされた。馬券を買えるようになった。ご本人は喜びは一入だったと思う。週末の楽しみを自ら開発したことになる。暮らしが豊かになられ、生きいき暮らし。私はこの挑戦意欲に感服した。私自身も人様のお役に立てた。

単純・繰り返しの暮らしには楽しみは見出せない。漫然と1日を1月を過ごすことは貴重な時間＝資産の無駄遣いである。日常の暮らしに鮮度が欲しい。その為にも日常の暮らしの中に挑戦の部分が欲しい。

●生きている存在証明

このように生きる動機とは、生きる値打ちであり、ポジティブな心を持って、末期を楽しく過ごすことに他ならない。それは自分の楽しみの為だけではなく、できることなら「人の為」に繋がれば最良である。私が癌患者になってから注力したのは、家事の支援であった。現役の時は言うに及ばずリタイア後も頓着したことのなかった、妻任せの家事の一部を担うことであった。

前にも触れたが偶然にその転機が訪れた。妻が手首を傷め、家事とりわけ台所仕事ができなくなった。〝えらいこっちゃ〟。私がこれを代行せざるを得なくなった。私は台所に立ち入ることは殆どなかった。そこには、亡父に言い渡されていた「男子厨房に入るべからず」の禁が立ちはだかっていた。家の緊急時、そんなことは言っておられない。急遽家事代行業を開くことになった。

茶碗・皿・鍋などを毎食後、洗浄・殺菌し、綺麗に片付けることだった。辛うじて、未だ冷蔵庫は開けていない。部屋・玄関周辺を隅々まで念入りに掃除している。また現役時代には「男がゴミを出す」ことを蔑んでいたが、今は家内保守の大事な作業であることを認識し、さほどの抵抗もなく、ごみ回収日に、所定の場所まで持って行っている。この他、洗車や布団干し、重量物の持ち運びなど力仕事などを自分のやるべき仕事と認め、さぼることなくこなしている。妻と協働して、季節ごとに玄関周りの植栽も更新している。

こうすることには特別な意義がある。それは端的には、生きていることの存在感を示せることにある。末期を「ただの病人」、「手間暇の掛かる老病人」、「見慣れた食客」、遂には「大きな生ごみ」などとして過ごすことは恥ずかしい。寂しすぎる。申し訳ないという気になる。だから家族の一人として、命ぎりぎりまで、少しは家内の仕事を受け持って、家族の役に立つ人間でいたい、という欲求を満たす為に、心を入れ替えた末の家事への参加であった。娘たちからの「父親らしく生きて」という要求にも応えられるとの思いであった。

私が生きる理由、生きる価値の実体である。現役時代に意識的に挑戦していた「承認欲求」(マズロー『欲求5段階説の4段階目』)、妻・家族にとって「有意な存在」として認められたいという願望を叶えることである。末期を迎えつつある今また細やかな努力の途中にある。

遅まきに失した妻に対する感謝の徴づくりである。妻に面と向かって〝いつも、何くれとなく面倒をみてくれて、ありがとう〟と言いたい。でも気恥ずかしくて言えない。だから貧弱な行いだけど、心いっぱいのお返しのつもりで家事の一部を手伝っている。これまで家事には無関心で、亭主面して横着な振る舞いをしてきた。このことを詫びたい。そして妻に少しでも楽してほしいと思っての仕業、お礼の真似事である。もうそろそろ時間切れだけど、僅かばかりの返礼の徴、笑いながら受け取ってほしいと願っている。遅まきながらの、妻との共同作業をしなければならないという使命感のなせる業である。

妻にとって、どれほど役立っているのか、分からない。聞いたこともない。救いなのは作業後に、妻から掛けられる「ありがとう」の言葉である。苦情も聞かない。少なくとも迷惑な存在ではなさそうだ。子供じみているが、これに気を良くして、指示された仕事及び自らに課した家事を成し遂げようと懸命である。家族もこんな父の気概を感じて安心することであろう。

(2) 終末期癌患者の生き様

●ドツボに墜ちて思うこと

四方に逃げ場のない悩みを抱え、心はしきりに揺らいでいる。強い心臓を持っている人でも、似たり寄ったりの状態だと思う。主治医に弱気な話をしていたら、彼は、「癌のことは点滴をしている時だけ考えなさい」と言った。真っ当な答えであったが、多くの人は命が懸かっているだけにそうはいかない。私は人間らしく悩んでもいい。弱気になってもかまわないと思う。

ただ自暴自棄や捨て鉢にならずにおこう。辞書を引けば、「捨て鉢」には「不用として手元から放す」こと、「関係を断つ」ことなどの意味がある。だから捨て鉢になっても、家族の誰も喜ばない。却って家族は悲しみや心配を深くするだけである。もっといえば迷惑なだけである。自分自身はきっと怒りを抱えた孤独な人になるだけであろう。

末期癌とか余命とかを宣言されても、意外と長く生きられるケースが多い。私も腫瘍内科の医師から、余命は3カ月から6カ月と言われたが、そこから既に3年も長生きしている。横着になって、余命について考えてみた。

余命という死に関する深刻度には根拠はない。医師の苦し紛れの戯言とはいわないが、たとえ臨床例からの推測であっても、それは平均値の話に過ぎない。平均値には最低値から中央値又は最頻値を経て最高値までの幅がある。要するに個体差がある。医師は中央値の数字でモノを言っているのであろう。結局、それは「私」固有の数値ではないということである。

生きる可能性は小さくても、それはゼロではない。死ぬまで生きてみないと誰も答えは出せるものではない。こんなことに依拠して、上下に揺れ、左右に撚れながら、「生きる理由」、「生きる価値」を見出して生活すれば、きっと楽しみの機会に恵まれる。家族にも安心してもらえる。末期も捨てたものではないと思っている。

命が閉じるまで、倦まず、弛まず、諦めず、ただひたすらに守っていきたい事柄を決めている。余命を云々されている病人にはあまり時間がない。だからこそ今日できること、今できることに全力を尽くそう。そうすることで明日になれば、また今日と違った、少し好ましい状況を見ることができるかもしれない。このことを信じて「命懸け」で生きたい。

●暮らしの中の心棒

私は癌になってドツボに墜ちてから、暮らしの中で大事にしたいことをはっきりさせた。瞬時の、無駄な努力かもしれないが、それは仕方のないこと。自分がこれからを生きていく為の「行いの柱」、世にいう生活信条みたいなものである。それらは「明るく」・「素直に」・「感謝して」・「知的に」・「行動的に」という五つ、ごく常識的な事柄であり、これまでも意識せずにやってきたことである。

これからはもっと意識的にやろう。これらを生活の手掛かりにして、たおやかな暮らしを送ることにした。特に力点を置いているのが前3項である。健常時にはやや疎かになっていたことである。遅ればせながらの追加オーダー、しっかりやってみようと努めている。

なお、人は病に倒れ、切羽詰まった状態になれば、奇跡又はパワーを恃んで?神仏にすがる状況をよくみる。私も妻に連れられて、家族の病気や無事を祈ることはあっても、義務的に、おざなりに済ます。自分自身の病気快癒を神仏に祈ったことはない。

家は先祖代々、浄土真宗を信仰してきた。私は継ぐほどの値打ちのない「家」の後継者として仕方なく仏壇を引き継いでいる。妻が花や炊き立てのご飯や水などを供えてくれる。私自身は挨拶代わりに、盆・正月にわけも分からず、線香を立てるだけの親不孝者である。宗教観上は恩知らずの「罰当たり」の人間である。まさかこの所為で癌に罹ったわけでもあるまいが……。

でも自分自身では、親の存命中には十分ではなかったかもしれないが、毎月仕送りし、時に帰省し、仕舞いには母と同居もした。親を大事にしたという自負だけは持っている。

人に対する役立ちは、生前における直接的心遣いが大事であろう。死後の世界を、本人は勿論、妻も家族の誰も知らない。まして世人一般は知る由もない。死後に仏前を飾り、墓や寺に足を運ぶことは、故人となった私にとっては何の意味もない。だから、墓も仏壇もいらないと思う罰当たりである。現実の世で、精々もてなしを厚くすることに意を注ぐことに意義を感じる。

▫明るく

ポジティブ志向か、ネガティブ志向でいくかの姿勢の問題である。端的には口から吐き出す言葉の選び方である。前者は「まだやれる」、後者は私が過去よく使っていた「もうあかん」の言葉が典型例である。現役時代、提案者の名前は失念したが、「明元素言葉」と「暗病反言葉」で人の思考と行動が１８０度変わるという問題提起を受けたことがあった。「明元素」は、明るく・元気に・素直にの組み合わせ、他方の「暗病反」は、暗い＝悲観的・病的・反抗の組み合わせである。

前者には、元気だ、やれる・挑戦してみる、楽しい、嬉しい……などの言葉が該当し、後者には、疲れた、できない、ダメだ、不幸だ、どうでもいい……といった言葉が並ぶ。自分の吐く言葉によってやる気は変わる。体内からの生まれるエネルギー量が違ってくる。

言葉とやる気の相関関係を示唆する図式である。

私は、自分の置かれている困難な状況を背景にして、いや、困難なところにいるからこそ、必然として「明元素言葉」を大事にしたい。私は死ぬまで明るく生きたい。決して、人に不快感や悲しい思いをさせたくない。死神なんかになりたくないと自らに誓っている。

▫素直に

現役時代はどちらかというと怒りの沸点が低く、人とぶつかっていた。大事なクライアントと衝突していた。出来の悪い社員を厳しく叱責して、馘首した。ため口をきく人との会話は拒絶していた。「難しい人間」の側面をもっていた。

それがどうしたことであろう、病気を得てから角が取れた人間に変わってきた。命を託して治療をしてくれる医師との関係、家族の献身的な支援、周囲の励ましの見舞いなど、私は周囲の方々に世話になっている、援けてもらっていることをはっきりと認識した。人間が、性格が変わった。

これからは「強気」になれる体力もない。頭脳の衰えもある。欠礼があったら素直に詫び、人の話を素直に聞き、自己主張したい欲望は極力抑えて、怒りも飲み込んで、笑顔で円満な雰囲気の中に生きよう。人に嫌われることのない円熟した爺になれることだろう。

▫感謝して

死期における生き様の中でもっとも大事なことは、人様への感謝の気持ちである。数を取ることはできないが、私に温かい眼差しを送ってくださる人、そしてリスペクトしてくださる人が少なからずいる。一定の頻度で病状を追跡してくれる元社員たち、遠路を厭わず、新幹線で足を運んでくれる人もいる。彼らとは数時間以上の会話に花が咲く。一時は「竹山を励ます会」も動いた。彼らは楽しさを運んできてくれた。病人が嬉しくなることは、何よりの薬である。抗癌剤を超える効能を持った薬である。感謝の極みである。

繰り返しになるが妻・麗花は、傍らにいて何くれとなく世話を焼いてくれる。検査や診察で病院に行く時は、必ず、妻が付いていてくれる。栄養を考慮して作る食事で、一時、47キログラムまで落ちた体重が53キログラムまで回復した。癌に良いといわれているサプリメントを探してきては膳部に載せてくれた。さすがにこれだけは費用対効果の不明なことが多いので止めることにしたが、懸命な愛情をいたく感じたものだ。間が空き過ぎない程度に用意してくれる旅の贈りものは、穏やかな気持ちを養う。とりわけ妻のためにできるだけ長生きしようと思う。妻はたまに言う。「あんたが亡くなった後、暫くしてから私も逝く」、この最上の思いやりに対しては、〝よくやってくれている〟感謝の言葉しかない。

子供・孫たちとの関係も良好だ。用事の多い中で、東京からわざわざ見舞いがてら里帰りしてくれる。老々二人暮らしの寂しさを取り除いてくれる。その合間には、ＬＩＮＥで互いの苦楽と哀歓を共有している。身体を丈夫にする栄養源や私の好きな菓子を贈ってくれる。元気の上乗せをしてくれる。

独りじゃない。こんな恵まれた環境に置かれている。感謝の気持ちを持つことで、弱気を遠ざけ、投げやりの気持ちを捨て、自らを励ましながら闘病できる。善意の人たちの期待に応えようとする動機を保つことができる。

普段の場では、これも癌に罹ってからであるが、妻や家族は勿論、友人、医師・看護師・事務職員、隣の人、店員、配達員、バスの運転手など接点を持った人々全員に分け隔てなく〝ありがとう〟の言葉を告げている。謝意を表すことに金は要らないし、苦労もない。

感謝の場にあっては〝お蔭様〟〝ありがとうございます〟〝助かります〟などの言葉で感謝を表す。もうすぐやってくるであろう、死の場にあっては、〝幸せだった〟〝ありがとう〟そして〝さようなら〟の言葉をしっかり口頭か手紙できちんと伝えて、自分の命を閉じることにしよう。

□行動的に

自宅に閉じ籠もってはいけない。それは妻や家族に余計な迷惑を掛ける。自身の気も滅入る。運動不足は老化を早める。会話不足は声が出なくなる。家に籠もっていることには、さほどのメリットはない。動けなくなったら仕方ないが、動ける間はしっかり外出する。外出して、人に会って、会話を交わす。私は少々の身体の怠さやフラつきや頭の重さを堪えて外出するようにしている。

今は引退したが、顧問時代は用事もないのに会社に行っていた。社長に会えば、相談事に預かり頭を使う。社員に声を掛ければ、世情を知ることができる。序でに励ましの言葉を土産にもらえる。所属するボランティア集団のイベントがあれば、飛鳥まで出向き、仲間に病で協働できない不面目を詫び、活動の実態を聴く。当組織は常に問題含み、運営上の悩みを聴いて、解決案をやり取りすれば、何時しか健常者に戻った気になる。

しわがれ声・発声量の減退を止める為、息子の提案でカラオケを始めた。妻と一緒にカラオケボックスに行き、数時間、昔の歌を歌いまくる。初めはしわがれ声で発声に苦労するが、徐々に大きな声も出るようになる。声の回復には声を出すことしかないようだ。広がる田畑や山中を散歩する時には、人のいないことを確認して、大声で〝あえいうえおあお〟とか、昔、得意だった〝かあかあ〟カラスの鳴き声を発して、喉を鍛えている？涙ぐましい努力である。

▫知的に

死期にある病人だって知的好奇心は捨てない。いまでも読み・書きは欠かさない。癌になってから読書量は確かに減った。明らかな変化は、癌の転移でドツボに墜ちた時の失望で、大量の書籍や史料類を処分して以来、アマゾンで新本を買わなくなったことである。

これに代わって図書館通いをして補っている。幸い、近くに国立国会図書館（関西館）があり、まさに知的な雰囲気の中で本が読める。此処は雨の日に過ごす場所になっている。借り出したい書物は、県立図書情報館や市立図書館に依拠している。何の不便もない。むしろ、書物を活用する利便性は高まった。図書館を見直した。ここで、これまで全く縁のなかった死や死生観、闘病記などに関する本も読み漁った。

20年以上前に飛鳥エッセイコンクールで「朝日新聞社賞」を受賞したことに力を借りて、病人になってから、一般公募のエッセイや自分史コンクールなどに10点くらい投稿した。思いの丈をいろいろ綴った。仕事の企画書は書いても、文芸分野にはほとんど縁がなかった。筆力は更に衰えたようで、投稿した作品は、佳作2点で終わった。死に際の爺としては、上出来と独り善がりに納得している。

気遣いをしてくださる方々へのお礼状や近況報告など、これまで以上に書くことが増えた。手紙を出せば相手からの反応がある。身の回りの情報は嬉しい。書くことが脳を活性化させる効果があるのかどうかは知らない。でも書かないよりはましであろう。そう思って、書くことを大事にしている。死ぬまでは万年筆で書き物したいし、パソコンも叩きたい。

絶対的存在・癌、人間を食い物にする癌は、私の胃に巣くい、その2年半後に肺を侵襲し、更に数年後には肺を全面支配した。いよいよ最後の終末期治療を余儀なくされた。とはいえ特別な心構えを調えたり、生き方を変えたわけではない。私は前掲の心構えを以て、妻と家族と共に、ただ普段の平生の暮らしの維持を望んでいる。今は曲がりなりにも「普段」を享受し、楽しみのある「平生」の暮らしを送れていることに感謝している。

くどいけど、「生き甲斐」という言葉がある。『広辞苑』によれば、生き甲斐とは「生きる張り合い又生きていてよかったと思えること」とある。生き甲斐を持つことができたら、人生は楽しいということだ。末期患者とて生き甲斐は持ちたい。家庭内における「私の存在感」、役に立っているという客観的な評価である。相手から「ありがとう」という言葉が返されるような毎日を送りたい。

(3) 家族の優しさに浸る日々

●「お父さんの癌は私が治す」

妻は「お父さんの癌は私が治す」と豪語する。その壮絶な意志は紛れもなく本物である。ありがとう。もう感謝しかない。その実態をまとめておこう。

一つ、さまざまな医療行為には余すことなく同行し、見守る。「今日は一緒出来ない」ということは過去一度もなかった。症状を把握し、医師をも動かす。時と場所によっては、患者に代わって、医師に堂々と向き合い、要望を出し、それを実現させる。押しの強さは大したものである。

二つ、私の症状が思わしくない時には、ちょっとした家事手伝いですら免除し、「何もしなくていいよ」とタダ飯食いの待遇を許容してくれる。今はこれが常態化して恐縮している。恥ずかしい。食事は勿論、処方薬の管理(私が毎日飲む薬は、8～9種に及ぶ。これらを曜日別、時間別に容器に収納し、親切にも飲用の都度包装を解いて、手渡ししてくれる。言い訳すれば、私の爪は壊れている)、着せ替えなど私の身の回りの世話を完璧にこなしてくれる。

三つ、暫く妻の眼から私が離れると、「お父さん」と呼ぶ声が聞こえてくる。終始、安全を確認されている。この手厚い配慮・介護には夫婦としても心苦しくなる。しきりに気遣ってくれている娘と息子たちの負担も「あの母ならば安心」、幾らかでも軽くなっていることであろう。

●独りじゃない

人は好むと好まざるとに関わりなく、また自分が意識するしないにかかわらず、周囲にいる人々の眼差しの中で生きている。それは普段は、比較的安定した何でもない状態にある。ところが、死に近接した病に陥ると様相は一変する。私の余命が知らされた時、人の眼は、憂いを帯びた瞳になり、かける言葉は、優しさを帯びる。真剣に憂え、丁寧で厚い対応に変わる。

また気の置けない友人たちは、深刻に心配の気持ちを語り、早期快癒への期待の言葉を送ってくれる。

癌に罹った直後から福本さんはじめボランティア仲間の有志が、「竹山を励ます会」又は「竹山と食事をする会」風の座談会を催してくれた。私を励ます話はそこそこに、ボランティア組織の活性化をどうする、安倍さんの戦略なき政治をどう評価するなどの談論風発に発展して、酒の勢いもあって陽気な状態になった頃合いで散会する。この場では私も健常者に戻っている。つくづく「友だちっていいなぁ」、「嬉しいなぁ」、感謝の念をもって、病人であることを忘れている。帰りの足取りが軽い。

会社を辞めてから既に30年になるが、苦労を共にした元社員たちも、さり気なく励ましに来てくれる。坊ちゃんと二神さんが揃って、神戸から数カ月毎に様子見に・見舞いに来てくれていた。私の体力のある間は生駒山麓を歩き、吉野の桜見物などへ遠出して。その後は私の家に11時に集まり夜8時頃まで、食事を共にしながら、あれこれと癌の行方知らずの話に興じる。そして「社長、今の様子だったら、なかなか死ねませんで」と無責任な言葉を残して帰っていく。その坊ちゃんが重篤な病気に罹ってしまった。心痛の至り、一刻も早い快癒を祈っている。

私の後継者だった丸山さんは、東京からわざわざ、自分で育てた珍しい蘭・十数鉢を2回に亘って運んでくれた。それはリビングの周りに配置され、開花と同時に応接テーブルの上に移され、朝な夕なに私に微笑んでくれる。ほっこりする。「ありがとう」の言葉をつぶやいている。彼から来年（２０２４年）５月に株分けに来るから、それまで「元気でいてください」のメッセージを預かっている。約束を果たさねばと動機づけられている。

そして、丸山さんと共に経営を引き継いでくれたもう一人の後継者・小畑さんも時折、顔を見せてくれる。過日はご夫婦で見舞ってくれた。私が創業に携わった会社が50周年を迎えたということで、決算書携行で訪ねてくれた。50期の決算書、その創業を預かった身として感慨深いものだった。因みに、東京商工リサーチの調査によれば、会社の平均寿命は23年、50年後に生き残っている企業の割合は、僅かに0・2％でしかない。50年の歴史は、尋常の努力で創れることではない。出色の重みである。

癌が転移してしょぼくれていた時、ボランティアで懇意にしている同窓生から、「あんたも苦しいだろうけど、米寿まで生きよう」と無謀な提案があった。アルプス登頂より無茶な願望だろうと思いつつ、恰好の挑戦目標として、さりげなく挑む気になったものだ。我ながら呆れている。

過日（2023年6月23日）、同じく元部下2人が、事情を知ってから気になりつつ、3年掛かりで見舞いに来てくれた。1人は現女性後継者、もう1人は彼女に誘われてわざわざ自費で東京から来てくれた元同僚。「忙しいのによう来てくれた。ありがとう」、再会の喜びの言葉があって、いきなり両人から「ほっそりされているけど、元気そうですね」と告げられた。元気そうに見えるようだ。「元気」、この言葉は最高に嬉しい。

交友関係、最後にしよう。私には最愛の親友がいる。小学生以来、よく遊び、少し学び、大いに励ましあい、今なお厚い親交を続けている下川昭吾君である。今は薩摩富士・開聞岳の山麓に住んでいる。遠距離の付き合いになっている。過日（2023年10月初め）電話を貰った。病気を案ずる電話だった。病状を語るとき、こちらの言葉が徐々にか細くなり、泣き声が混じり、言葉が消え、遂には嗚咽で終わってしまった。暫く電話は繋がったままに、彼はこの暫くの沈黙に永遠の別れを感じとったようだ。改めて電話があって、10月20日に会いに行くと言い出した。近くの病院ではない、高齢者にとっては片道500㎞の大移動である。本人は膝の大手術を終えて間もない時、奥さんの介添えが要る身である。「そんなことを気遣って貰うほど深刻ではない。未だ大丈夫だ」と説得しても聞く耳持たずである。「もう切符も手配した」との返事。生来の頑固さは健全のようだ。

このように家族をはじめ周囲の人々は、患者に対する配慮係数を最高度に引き上げて接してくれる。この時こそ、自分は独りではない、自分は人様のお蔭を以て生きている、私は人様に生かされている。肌身に染み入る感慨を覚えている。このように嬉しいことだけど、懐かしい人たちがやってきてくれる。素直に喜べばいいのに、我が身に何か知らない異変でも起こっているのかな、と素直さを失った我が身が悲しい。

たとえ重篤な状態に陥っても、決して弱気になることはない。投げやりな気持ちになることもない。家族と周囲の人々の熱い眼差しを背にして、病への応援姿勢を簡単に崩さず、諦めず、自らを励ましながら、懸命に生きようと努力したいものだ。怠さや脱力感で横になっている時も、気力が萎えて〝そろそろ〟かと思っている時も、妻の優しい声掛けには、〝大丈夫や〟の言葉を返している。

このことは、自分を取り巻く善意の人たちとその期待に対する精一杯の感謝の気持ちの表現であり、細やかな恩返しの行為である。病める人は、周囲の熱い眼差しと熱い心遣いが途絶えるまで生きることを諦めないことを最期の信条としよう。

1週間前も昨日も、旧友から電話をもらった。精一杯の声を出して会話した。別れの挨拶は涙声になったが……。ありがたいこと、感謝するのみ。心の難儀を幾らかでも和らげてくれる人々。こんな人様の励ましを拠り所にして、機嫌よくそして精一杯生きようと自らを励ましている。

(4) ＱＯＬ（Quality of Life）

●善く生きるということ

高齢者や病人の生き様でＱＯＬが重視されている。これは「生活の質」・「生命の質」などと訳されている。この原義は古代ギリシアの哲学者ソクラテスに行き着くらしい。それは「人はただ生きるということではなく、善く生きることこそ最も大切にしなければならない」という教えである。

質は量と対照される言葉、量がものの大きさや形を表すのに対して、質はものの中身、その良し悪しを表象する品質である。生活の品質、命の品質、生き方の品質である。人それぞれに生き方がある。独自の人生観をもって、より高い生活の品質を創り、維持する姿である。

癌患者に限らず病人を例にとるなら、患者個々人の身体的・精神的な苦痛を和らげ、社会的活動への参加促進を軸にした活力を養い、生きがいとか生きる喜びといった、より高い満足感の獲得を意図する生き方なのだろう。端的には、ＱＯＬ＝善く生きるとは苦しみながら生きることを排除し、楽しみを享受しながら生きること。また治療すること。私はこのように理解をしている。

私は抗癌剤の苛烈な副作用を嫌って、その投薬量を思い切って減らした。そうしたら身体は活性化した。癌の侵攻は止まり、むしろ退縮に向かった。この後、転移が見つかったので、一過性の出来事だったかもしれないが、素人目には、ＱＯＬと癌退縮の間に何らかの相関関係があったものと思っている。いずれ、ＱＯＬな生き様は、癌の退縮に影響を及ぼすことが実証されることを期待しておこう。

●「善く生きる」暮らし方

繰り返しになるが、私は残された時間を「善く生きる」為に奈良の総合病院に移った。ここでＱＯＬな暮らしを維持する手伝いをしてもらった。具体的には、抗癌剤の匙加減、薬の副作用を最小限に抑える配慮をしてくれた。患者また家族に対して配慮係数を高めて接してくれた。そう、患者に薬を与えるだけの無機的な治療ではなく、患者がＱＯＬを享受する為の医療を施してくれた。

やれること、何とかなる可能性は僅かであり、いや限りなくゼロに近いかもしれない。しかし、何もしなければ、その可能性はまったく消える。たとえ死期にあっても、〝何かしよう〟という意志を持ち、〝何かをする〟努力はしてみたい。無為に死を待つことを避けたい。私は「善く生きる」ことをこのように理解している。

ＱＯＬ・「善く生きる」ことの主要素は次の三つである。
○先生との信頼関係が構築されていること。
○「普段又は平生」又はこれに準ずる暮らし方をすること。
○あくまでも生活の拠点は自宅であること。

病人の暮らし方なので、病院との関係は維持しなければならない。だから、いずれにも「可能な限り」という条件が付くことは言うまでもない。人の暮らしの拠点は、本来自宅にある。とりわけライフステージが進んで夫婦二人だけの家庭になれば尚更、その重みを増す。

妻が作る食事を食べる。夫は「元気」なら掃除を手伝う。自ら仕事を受け持つ。昼間は私はパソコンに向かい、妻は家庭菜園で遊ぶ。時々は諍いを起こしつつ、夕方には一緒に散歩する。妻は毛嫌いするけどテレビを見ては画面に向かって批評する。できるだけ慣れた暮らしを壊す為に、揃って旅に出て温泉に浸かる。知らぬ土地を歩く。平凡だが、細やかだが、ここには生命力が零れている。こんなことこそが人の暮らしの場である。自宅である。自宅を拠点にした行動である。

だから、病気を理由に、安易に家庭・自宅を捨ててはいけない。やむを得ない入院を余儀なくされても、その期間は、願ってでも短くして自宅に帰る。入院を止めて通院に変える。こんな意識を強く持っていたい。妻や家族に自宅療養を迷惑がられたり、拒絶されたら仕方ない。それは自身の日頃の品行が悪かったものと自省し、諦めるしかない。その試行時期が迫っている。果てさていずれに落ち着くか。

ただ生きることに大した意味はない。細やかでもいいから、できるだけ生きる目的、具体的には〝やりたいこと〟をはっきりさせて、或いは探して、それに取り組む努力をしたいものだ。短命というリスクはあっても、いやそれだからこそ、普段の生活を続ける努力が好ましい。その方がずっと人間らしい。願うことは、身体は病んでいても、心は「健やか」でありたい。

今、私は体調と相談しながら、然るべき時間に寝起きして、間食を挟みながら三度の食事をきちんと摂り、体力を落とさないように、毎日の散歩を「義務化」している。決して上達することのない趣味の将棋（「将棋ウォーズ」）で遊ぶ。本も読むし、物書きもする。一時期、コロナ禍で思うようにいかなかったが、顧問先の会社、競馬場、麻雀懇親会など外出もしている。妻の誘いで旅にも出ている。普段の時の標準行動を努めて実行している。

変わったことは買い物に慎重になったこと、衝動買いをしなくなったことである。本は公立図書館で借りる。高価な物は生きている間に「元が取れるか」、減価償却を考えて選択的に買っている。

量より質の暮らし。抗癌剤の量が増えれば、必然として副作用も酷くなり、人の苦痛は苛烈になる。逆に抗癌剤の量を減らせば、副作用は和らぎ、人は喜びを感じられるようになる。そうなれば幾らかでもやる気を呼び覚ますことができる。心の健康を獲得できる。

生きることにどん欲になれる。これがＱＯＬの本質であろう。

このように、ＱＯＬは決して、誰かに与えられるものではない。自らの心掛けで、自らが努力して創り出すものである。死が間近に迫っているからこそ、暮らしの場では、考えることまた行うことに主体的でなければならない。人からの宛行扶持では真剣になれないし、長続きしない。最期の始末まで「お父さんらしさ」を貫きたい、この信念をもって生きている。

●善く生きる為の苦悩

私はライフステージごとに生き様を変えてきた。

現役時代は都市に埋没しそうな田舎者から、社会的認知・存在感を得た、一人前のビジネスマンになることだった。時代もそうであったが、この為に、向こう見ずに激しく働いた。お蔭で人様並み、いやちょっと高めの水準に辿り着けた。〝よう頑張った〟と自負している。

リタイア後は「社会的活動への参加」によって心の豊かさを得ることであった。心の隙間に病魔が入り込み、志半ばで退出を余儀なくされた。図らずも癌に罹ってしまった老年期は、命を廻る極度な緊張感と治療からの学習効果を以て、「薬から楽」又は「普段・平生の暮らし」を獲得することに努力した。

繰り返すが、ＱＯＬは待っていても得られない。自分の価値観をしっかり持って、医師その他の協力を得ながら、自ら切り開いていかねばならない。罹患後のＱＯＬを得る為には、生活場面の変容ごとに様々な障害を越えなければならない。つまり、生き様の評価・判断を求められた。私が癌に罹ってから出合った障害、是非を問われた事柄は、例えば、次のような問題だった。いずれも重たい、生死に関わる問題ばかりであった。

①癌の手術をするか、放置するか。
⬇　リスクの高低にかかわらず、自ら何も試さないで決め事はしない。これは私の生き様の根幹をなす考え方である。無条件に手術を選択した。成功率は非常に高いとなればなおさらのことである。手術は失敗に終わったが、それは意思決定を間違ったわけではなく、医師の腕が悪かった故である。
②抗癌剤治療に進むか、やめるか。
不幸にして癌は転移した。悪いことに治癒は期待できず、延命の為の治療、そして今なお、良薬か毒薬か、議論の止まない抗癌剤の選択しかない（3カ月から6カ月の余命宣告）。

⬇ 前項同様、「やってみなけりゃ判らない」不変の思想に基づいて、多少の躊躇いはあったが、どうせ短い命なら、結果悪しでも受けようと決断した。癌の転移を契機に抗癌剤治療を始めた。癌で傷んでいる身体に追い打ちを掛けるかのように、完治の見込みのない、ただ延命のための投薬だった。薬がもたらす惨い副作用は、憎い相手に対する虐待に似て、生きる意欲ばかりか僅かに残されている体力をも殺いでいった。癌で死ぬのではなく薬の副作用で死ぬのではないかと思ったものだ。こうなれば本末転倒、どうせ短い命なら苦しんで死ぬよりも、ちょっとだけでも「楽」して死にたい。「お父さんらしく生きて」という娘たちの要望に応えたい。普通の病人が抵抗なく辿る結論だった。
代診医のドクターストップもあって、4カ月で治療を断念した。抗癌剤を選択したことは、明らかな失敗だった。もう望みないか。幾らかしょげた。
③生命の質と量。
抗癌剤の副作用の苦痛を堪えながらでも長く生きるか、命を縮めてもいいから、楽しい「普段」を送りたいか。まさに「命の品質」を生きる価値を決める終局の課題である。
⬇ 失敗にしょげた時、思いついたのが、QOLだった。直上、苦しみながら生きることを排除し、楽しみを享受しながら生きることであった。これはどっちつかずの甘ったるい考え方である。しかし、可能かどうかを「やってみるに如くはない」と新たな実験に挑むことにした。先の病院を退院した。そして抗癌剤教条主義の医師ではなく、ＱＯＬに理解を持つ医師を探した。幸いに過去接点のあった医師が受け入れてくれた。その中身は抗癌剤の投与を大幅に抑えて、普段の生活を享受できるようにする。副作用の程度を睨みながら、投与量を減らしていった。身体が楽になった。健常者に近い動きができるようになった。他方、癌は侵攻の勢いを殺がれ、寛解の予想すら出るまでになった。科学的検証ではないが、人間らしさを取り戻したことは事実である。

投薬によって癌の侵攻を止めるか、いや暮らしの質かの狭間で、命を賭けて後者を選んだ。正答！　勝負に弱かった男が、最期に勝ちを拾った。

生きる動機の発見、やる気の喚起、そして生きる喜びの奪還を果たした。老い先不明、最期の始末の時が来るまで「お父さんらしく」また「程善く生きる」努力を続けたい。末期癌患者でもその気になれば生きられる!!

やってよかった。ドツボから這い出せた。ぎりぎりで運を掴んだ。本人も家族も、喜びは一入だった。この復活劇に「癌死無用」を確かめ、今、生きる喜びを確と実感し、心に刻んでいる。

二度三度の転移や再発を堪えて、曲がりなりにも健常者並みの普段を送っている。自分でも「俺、ほんまに末期癌患者か」と疑うばかりのやる気とそこそこの元気を認めている。

④家庭内調和：病後、身勝手が許容されるかどうか。
現役時代は（家庭も顧みずに）頑張った。楽をしないうちに病人になってしまった。少し好き勝手に振る舞うことを許してほしい。

➡ 家庭も顧みずに頑張ったことは、一定評価しよう。しかし、病気になって甘えが許されるかどうかは別問題。家庭の主が病気になれば、治療代で家計を痛めるし、家族も病人の看護・支援に余計な労力を取られる。こうして家族の「遊び」部分は余裕を失くする。病人の勝手を許す余裕もなくなる。「病を得ては家族に従え」の態勢をとることが賢明。甘えるとか勝手な振る舞いをするとかは問題外。私は体力が許す限り、むしろ家庭内での自身の存在感を示す努力をしている。

言葉を足しておけば、症状の変化に一喜一憂せずに（一喜びはいいが）、明るく過ごすことも大事にしている。身体が弱ってくれれば、「もうあかん」風の言葉が出そうになるが、我慢している。

⑤外出：癌に罹って外出することを諦めるか、少々の怠さがあっても敢えて外出するか。
⬇　病気になっても病人を完成させることはない。病人にならない為の行動原則は外に出ること、外の空気をできるだけ吸うことである。私は少々身体が怠くても、散歩に出ることを自分に強要している。仕事や旅行また遊び、会合などがあれば、しっかり予定に入れて、喜んで出ていくようにしている。雨の日は図書館に行く（寂しいことだが、仕事は80歳でなくなった）。

人は変化のない、日常的な単純・繰り返しの行動をしていると、この悪路・泥道に誘うのが、家の中に引き籠もる習慣病である。おそらく思考力は低下し、体力も弱っていく。恐ろしいことだが、寝たきりへの到達時間を早めることになるかもしれない。

これに対して、好んで外出することは、鮮度の高い空気を吸うだけでなく、生活の鮮度も引き上げる。散歩に出れば人との出会いがあり、そこから会話が始まることも少なくない。道端の動植物に感動や驚きを体験できる。旅行や遊び、会合然りである。

癌は「息の長い」病気である。怠さその他でどうしようもない時もあるが、「元気」に動ける時間は結構ある。私はこの時間を外で過ごす努力をしている。「病人」にならないで済む努力である。大事にしている。

●生死観

これらを決めて実行に移すだけでも疲れる。さらに、これから起こること、判断を迫られることがある。

死生観に繋がる問題が待っている。こんなことまで考えだすと、人は死ぬまで楽はできないようだ。いやそれでも気持ちの持ち方次第で、末期を含めて楽しかった人生を送れる、と考えたい。
①病院死か、在宅死か…末期癌患者。食事や多少の抗癌剤の副作用は残るが、意識も判断力もあり、普段の暮らしを送れる場合、どこで最期を迎えるか。
➡ 横着なのか、厚かましいのか、まったく考えていない。望みは「自宅で死にたい」であるが、家族の負担感が、第一に頭を過る。次女の死は自宅で看たが、外部のケア体制と連動することで、この問題は解決できそうである。これは私一人の望みやら判断ですませることではない。
②遺言書の作成。
➡ 癌が転移した時、周辺の物的な整理と併せて遺言書の作成も考えたが、勉強不足で先送りにした。これを書いてしまえば、死が付いてくるような気がして止めたのが本音である。

家族に対して大した申し送り事項もないし、遺言書よりも感謝状に留めようかとも考える。これで済まされるのかどうか、勉強をしてみたい。
③死に様：どんな死に方をするか。
⬇綺麗な死、穏やかな死、さり気なく逝く死、苦しみながら逝く死、いろんな最期があると思うけど、苦しみながら逝くだけは勘弁してほしい。国は未だ安楽死は許容していない。ということは鎮痛剤の連打しかないのだろうか。死後せめて一周忌頃まで、家族や友人の心の中で「善く生きた」人生だったと評価してもらえるならば、最上の死、それが人の値打ちといえるだろう。その為には、生前に人様に迷惑を掛けない、嫌な思いをさせない賢明な生き様でなければならないと肝に銘じている。もう遅いかもしれないけど……。

私は実業の世界に入ってから事に取り組むに当たっては事前の学習や準備また体験が大切なことを学んだ。しかし、「死」だけはそのことを強く望んだとしても実現することはない。死に関する限り、決して予習とか事前の練習とかはできない。死を意図的に練習・体験できるのは、唯一自死が考えられる。しかし、それとて死の現実の体験談や心の内を人様に話すことはできないし、また記すこともできない。誰も死後の実態を詳らかにしたエビデンスは残せないのである。従って所詮、死は神や仏の来世の話に墜ちてしまう。死は人生の終わりであり、呼吸の停止である。癌患者にとっては苦痛からの解放であり、制御不能になった自身の肉体の終末場面でしかない。

死ぬことを「息を引き取る」と表現することがある。この「引き取る」という言葉には、辞書を引けば「退く」の意味もあるが、「引き受ける」「後を受け継ぐ」という意味もある。このことを以て「命は消滅するものでもなく、断絶するものでもなく、もとあった所へ戻り、そして後の世に引き継がれていくものなのである」（『日本人の死生観』立川昭二、ちくま学芸文庫）とする死後の世界の存在を許容する考え方がある。しかし、私は「死後の世界」の存在には懐疑的である。「元に戻る」といっても死んだ人はどこに戻るのか、「後の世に引き継ぐ」とは何のことか、だれが何のために引き継ぐのかがさっぱり分からない。結局、死にゆく当該者を離れて後世の人の心の問題に帰してしまう。

はっきりと、命も、人生もまた当該者の一代限りでいい。息の根が止まったらそれでお仕舞い。命の断絶でいい。死後の世界はなくっていい。「霊」「魂」「たたり」も要らない。「生まれ代わり」（連環）になればややこしさが増す。そんなことは後世の人が迷惑する。後世の世界は、死者にとっては無縁でいい。後世の人の思い出の中に生きようと消えようと死者には関与のしようがない話である、と私は思う。

生き様は議論ができても、「死に様」については議論の突破口にも立つことができない。どうしようもない。それが死というものなのだろう。

おわりに

①胃癌発症：2016年3月（発見）……市中クリニック⬇奈良市内公立病院紹介
②胃癌診断：2016年4月……奈良市内公立病院⬇大阪市内癌専門病院紹介
③内視鏡手術（失敗）：2016年6月……大阪市内癌専門病院
④腹腔鏡手術（成功）：2016年7月……同右、⬇5年後生存率95％
⑤肺転移・余命宣告：2019年1月……最短半年、最長1年半（癌発見から2年10カ月）
⑥抗癌剤「標準治療」：2019年2月〜5月……「オキサリプラチン」＋「ゼローダ」⬇「身心損壊」
⑦奈良市内公立病院へ転院：2019年6月……QOLを求めて
⑧抗癌剤「大幅減量治療」：2019年7月……普段・平生回復
⑨再転移・肺リンパ節腫大「抗癌剤治療」：2023年2月（癌発見から7年、初期抗癌剤治療から3年9カ月）……「パクリタキセル」＋「ラムシルマブ」⬇「倦怠感」「体力減退」

⑩再々転移・入院：２０２３年2月8日……抗癌剤不変（抗癌剤選択肢狭隘化）
⑪「元気」に生存中：２０２３年8月現在（癌発見から7年6カ月、初期抗癌剤治療から4年6カ月）

これが私の癌治療の経緯である。罹患からおよそ8年、余命宣告からおよそ5年が経過している。

いいことかどうか。癌は私を解放してくれない。骨の髄まで侵してやろうと企んでいるようだ。さすがに癌は対抗できるものはいない「絶対他者」の存在である。医学は進んでいるが、癌と闘える相対的対抗馬は不在のようだ。癌に対してよく使われる「闘病」という言葉が虚しく響く。闘える相手ではないことを認識して、ある覚悟をもって、控えめに応接して、生きている時間を楽しむことが賢明である。

私の身体は3次、４次の癌侵攻をよく堪えて、今なお「健在」である。宣告された余命も遙かに超えた。もう少しだけ生きられる時間が残っているようだ。

よく食べているのに、体重はいっこうに増えない。腹部がオーバーハング状態の、貧相で憐れな身体になってしまった。ある看護師に言われた。「注射針を刺せる筋肉がない」。抗癌剤の副作用と不快症状は相変わらずである。死ぬまで虐められるのであろう。周囲の人々には「元気そう」と言われている。自分でもそう思っている。週5日程度の外出はこなせるし平気、3～4㎞の散歩もこなせるし、旅にも出ている。「俺、末期癌患者なのか？」と自問自答するし、遠慮がちに妻や医師に訊ねることもある。

癌に罹ってから今日までの生活時間の中で「普段・平生の暮らし」を送られた時間が支配的である。いうなれば、健常者並みの動きをしてきた。その理由はよく分からない。投薬量を抑えられた抗癌剤の頑張り、妻を中心にした家族の圧倒的に厚いサポート、友人・知人たちの応援、そして私自身の生きる動機を拓く頑張り等々、さまざまな頑張りが入り交じった相乗効果であろう。

齢80、生きているだけで喜ばしいことかどうか、いささか疑いはあるけど、身体は癌に冒されていても心は大いに健やかである。書き物ができるだけの余力を残しているのだから、喜ばしいこととしておきたい。癌の転移の度にしょげたりしたが、今はもう、どのような病変があっても動じることはない。

癌が長引いて、予定した時期よりも遅くなったが、その分中身は増えた。癌を廻って思い描いていた事柄をまとめることができた。ほっとしている。

おっと弛緩は病を招く。いやこの期にあれば、死に繋がる恐れがある。気の緩みは先にしよう。もう少しだけ命の残余がありそうだ。ここでの主題は、人生で初めての体験、最高難度の難儀・「死」とそれにまつわる「惨」である。誰も書きたくても書けない領域である。ここらで止めておくのが無難だと思う。

筆を擱こうと思った途端に、この夏（2023年7月）からぐずついていた腰痛が深刻になってきた。立っても座っても寝ても歩いてもどんな体勢を取っても痛い。間断なく痛みが襲ってくる。痛み止めの張り薬や飲み薬も薬効は限定的である。怪しい機器を操る按摩屋さんも覗いたが、役には立たなかった。

整形外科医院でMRIを撮った。さすがに科学、腰骨に怪しい影が見つかった。癌の骨転移が疑われた。すわ一大事。ここから骨シンチグラフィー検査、造影剤入りCTスキャン、MRIなど重層的に放射線を浴びながら、整形外科医を交えて真相解明に入る。関心事は癌の転移か否かである。厄介なことになっていなければいいが……。と思う間もなく判断はあっさりついた。癌の骨転移。嗚呼。遂に来る時が来た。骨の痛みを堪えながらあれやこれやの骨の砕けを回避する予備的治療に入った。

主治医にこれからの見通しを聞いてみるがはっきりしない。なるようにしかならないということだろう。

昔馴染みの心の友にも会えた。共に汗したボランティア仲間にも会えた。最期まで励ましの声を貰った。よそ者だった私を趣味の仲間として分け隔てなく扱ってくださった福楽さんや檜垣さんらの趣味の仲間たち、最期まで楽しさが詰まった元気がありがたかった。

そして我が身に起こった事は、「帰依」、驚きだった。宗教には無縁、無関心の罰当たりの男だった。癌の骨転移で切羽詰まった吾身、身勝手にも、仏にすがる気になったのだ。病気快癒＝薬師如来＝奈良・薬師寺と短絡的に結んだ。妻と、癌の骨転移が疑われたとき里帰りしていた息子を誘って薬師寺にお参りした。息子に指示されて、手と口を清めて境内に入った。厳粛な気持ちになった。心を込めたお辞儀をし、お賽銭を投げた。どうしたことか、「薬師如来・薬師寺」と記されたお札？まで手にする行為まで走った。

当たり前だが、仏に対するありがたみが、身についているわけではない。

しかし、私と関わった妻と家族たち、後援者たちに対する感謝の気持ちは、十分に理解している。

〝ありがとうございました〟〝もう一度会いたいです〟


いま齢80年になった。

田舎者が都会に出て来て、精一杯に生きてきた。

人に負けまいと苦学も苦労をも厭わず懸命に生きてきた。

ひとかどの人物になれたようだ。

ここを区切るかのように癌がやって来た。「絶対他者」・癌は暴虐を欲しい侭にしている。生きる余力も時間も奪っていこうとしている。

ことここに至っては万事休すだ。

もう諦めるしかない。


躊躇わず〝よく頑張ったやん〟と自らを褒めてやろう。

残っている時間を楽しく生きよう。

いっとき悔しさに涙したが、これまでを振り返って満ち足りている。心は揺れていない。穏やかだ。素直に〝ありがとう〟の言葉が出る。

〝もう頑張ることはないぞ。よう生きた　元一！〟

（2023年9月1日作）

（了）

竹山　元一（たけやま　もといち）

（出身）鹿児島県出身（1943年生まれ）
（学歴）鹿児島県立指宿高等学校・工業化学科卒業
大阪市立大学・二部経済学部卒業
（職歴）大阪瓦斯株式会社・中央研究所
株式会社日本マーケティング研究所・代表取締役副会長
株式会社エムシープログラム・代表取締役社長
株式会社事業開発室・取締役社長
立命館大学大学院・客員教授　等歴任
（著作）『新事業開発の論理と実際』（蒼林社出版）
「不況に立ち向かうマーケティング戦略」（『産業能率』所収）
「起業成功への道筋」（『産業能率』所収）
「あるベンチャー企業の浮上と破綻」（『産業能率』所収）

癌と生きる
抗癌剤付き普段の生き様

2023年12月31日　初版第1刷発行
著　　者　竹山元一
発 行 者　中田典昭
発 行 所　東京図書出版
発行発売　株式会社 リフレ出版
〒112-0001　東京都文京区白山 5-4-1-2F
電話 (03)6772-7906　FAX 0120-41-8080
印　　刷　株式会社 ブレイン

ISBN978-4-86641-733-2 C0095
Printed in Japan 2023